불타는 단풍나무

예술가시선 31

# 불타는 단풍나무


초판 1쇄 발행   2023년 2월 25일

지은이   김용민

펴낸이   한영예
편집   박광진
펴낸곳   예술가
출판등록   제2014-000085호
주소   서울 송파구 문정로13길 15-17, 201호
전화   010-3268-3327
팩스   033-345-9936
전자우편   kuenstler1@naver.com
인쇄   아람문화

ISBN   979-11-87081-26-5 03810

예술가 시선
31

# 불타는 단풍나무

김용민 시집

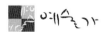 예술가

시인의 말

싯다르타는 스물아홉에
인간의 삶이란 고통과 슬픔의
구덩이에서 뒹구는 것임을 알았다
그걸 나는 한참 나이를 먹고서야 깨닫는다
석가모니가 가신지 2500년도 더 지났지만
우리는 여전히 고통의 바다에서 살아간다

그런데도 멀리서 보는 노을은 왜 저리도 아름다운지

고통의 순간에 한 줄의 시란 무엇일까

헐벗은 가지 잠시 덮어주고 사라지는
한겨울의 눈 같은 것이라면 좋겠다

2023년 입춘

# 목차

2부 장자님 말씀

1부 겨울나무

# 서시序詩

왜 멀리서 보는 노을은
저리도 아름다운가
언덕 위에 올라 내려다보는
굽이치며 감아 도는 저 강물은
늘상 잔잔히 떠오르고 있기만 한가
별빛 맞아 수없이 손짓하는 밤바다
아 이런 밤이면
세상에 무슨 괴로운 것이
무슨 뼈 깎는 아픔이 있을까 보냐
한 줌 바람에도
가득 실려 떠도는 보이지 않는
영원의 내음 들리는 듯
보이는 듯 차고 넘치는 이 밤 언덕에 오르면
발아래 별 쏟아진 듯 찬란히
수없이 펼쳐지며 반짝이는 등불들
저 아름다운 불빛 뒤에
우리들의 아픔은 송송 맺혀 있단 말인가

저 노을 밑에서
파도치고 해일 일 듯 강물은 끓어오르고
바람 몰아치는 것 모두 속에 안은 채
바다는 저렇듯 반짝거린단 말인가

이 들끓는 아픔 속에서도
어찌하여 멀리서 보는 노을은
언제나 이토록 아름답기만 하여
멈춰 설 듯 몇 번이고
뒤돌아보게 하는가

# 빌딩과 나무

1
이 햇빛마저도 차단해 버리는 어둠 속에서
온 신경으로 몸을 파닥거려 보아도
소리는 언제나 벽에 눌려버려요
바다가 보이던 자리에는 회색 안개가 들고
이제 갈매기 소리마저 울려오지 않아요
잠시만 머물다가는 해
이곳은 북극 혹은 시베리아가 되었나요
무너질 듯한 무게로 저렇듯 둘러싸고 있어요
우선 숨이 막혀요
그리고 하늘은 까마득해요

2

우리들의 주위에 벽들이 들어서기 시작한 것이 어디
어제오늘의 일이랴 우리들의 날개 구멍 내고 무너질
듯 위협하는 것이 오늘 아침의 일만은 아닌 속에서 키
워야 할 것은 힘 우리가 헐떡이며 가슴 조이며 끝끝내
바라보아야 할 것은 희망 건물은 자라지 못하며 서서
히 무너지느니라 우리는 이렇듯 무수한 손 흔들며 환
호할 수 있지 않느냐 자라나야 한다 보이지 않느냐 저
의연한 모습이 건물들 밑동부터 흔들리는 모습이 발
돋움 발돋움하며 우리가 끝끝내 간직해야 할 것은 희
망 훤칠한 믿음 속에 꿈틀대는 살아 있음 또는 살아
있음의 몸짓

# 빌딩과 나무 2

콘크리트가 아닌 돌덩이로 이루어진 집엔 그것도 한
오십 년이나 백 년쯤 된 건물에는 이제 담쟁이덩굴쯤
제 얼굴로 기어가는 것을 충분히 이해할 만큼 너그러
움도 생겨서 커다란 은행나무하고도 의좋게 지내더군
은행나무 가지에 둥지를 튼 비둘기들도 더러 건물 추
녀 밑으로 제 자식을 분가시키고 깊은 밤이면 은밀히
서로의 외로움을 나눠 가지기도 하지 그맘때쯤이면
빌딩과 나무는 오누이 마음 정도 되는지 서로 등치 싸
움이나 으르렁대지 않고 그 뿌리로써 이 땅에 이어져
있음을 느끼기도 하는가 보데

# 엿장수 가위는 엿장수 마음대로

쩔꺼덩 쩔꺼덩 엿장수 가위는 엿장수 마음 내키는 대로 두드리고 시멘트 바닥이거나 어디 돌 틈바구니에도 풀씨들은 날아와 뿌리를 돋고 드디어는 꽃을 피우듯이 그렇게,

밤을 잃어버린 양계장 닭들이거나 온상 속 꽃들도 가지 호박 오이 참외 수박들도 모두 모두 이제는 제 고향으로 돌아가 쩔꺼덩 쩔꺼덩 마음 내키는 대로 가위 치고 북치고 거기다가 피리까지 불어 대면서 땅속 개울물 솔뿌리까지 들썩거리게 되면,

컥컥 숨 막히기만 하는 연탄재 빛 거리에도 두엄 냄새라든가 풀잎 냄새 사향 냄새 같은 것이 몰려와 창백한 우리 얼굴 위로 언듯언듯 내려앉을지도 모르지,

결국 세상은 냄새부터 조금씩 달라질지도 모르지

# 무지개

의사가나더러당신은기관지가나쁘니제발담배끊으시
오술도끊을까요당신은술먹고시궁창에빠진다음쓰레
기장에서자보셨나요오물들토해내고고개들어별물젖
은눈으로훔쳐보셨는가요그렇지만당신의건강을위해
섭니다노상기침하고가래침이나씹는게좋기도하겠구
려그런데안개속에있으면안개는꼭두발짝혹은네발짝
쯤앞에있어서손으로잡을수가없는걸요오늘날씨는맑
거나한차례흐리겠으며곳에따라비도오겠음건강을위
해서라구요?그옛날무지개를잡으러떠난소년은지금어
느산을넘고있을까요빨주노초파남보강색깔쯤손에
잡고있을지도모르겠네요내어렸을때에는무지개가비
만오면어디에나걸렸는데도시에는왜무지개가도통걸
리지않는지정말로모르겠어요보름달도이제는잠자리
날개처럼환하게솟아오르지않는지그것도당신은말해
줄수있겠네요

# 모기와 사람

1

오래전부터 모기와 우린 암암리에 묵계로서 손 발 발꾸락까진 물어도 얼굴은 그냥 남겨두기로 하고 줄곧 지켜 오고 있었는데 어찌하여 이즈음엔 입술까지 쳐들어와서 이불마저 덮을 수 없게 만드는가 까짓 손발 무는 거야 이불 꼬옥 덮으면 막을 수 있고 오히려 배탈까지 막아 주더니 그 묵계 모두 어디 가고 이젠 얼굴로 달려드는가

오늘은 홀랑 벗고 누워 뜯기면서 생각한다 정말로 모든 것이 이렇게 돌아가도 좋은가고

## 2

하루는 모기란 녀석이 찾아와서 요즘은 통 갈 곳이 없어요 머리 깎고 산에나 틀어박혀야 할까 봐요 창이란 창은 모조리 모기장으로 막아 놓고 이제는 길거리 놓인 수박이거나 포도 가운데에도 대낮에 모기향을 피워 놓아서 냄새조차 맡을 수가 없게 되었지요 이러다가는 오랜 친구였던 사람들을 미워하게 될 것 같아 걱정이에요

# 산모기 집모기

산밑 동네 오막살이에 사는 모기 줄곧 어마한 등치로 버티어 서 있는 저 산속엔 몇 마리의 모기 풀숲에서 살고 있다고 이리저리 쫓기며 헤매다니면서 듣고 있다가 늘상 그 얼마나 위대한 일이랴 도대체 삶은 무엇이랴 궁금하여 하루는 일찌감치 도시락 싸들고 걸어 걸어 찾아올라 갔네

늘상 굶기를 밥 먹듯 해서 이렇듯 광채가 나나요 사실 피가 맛있긴 하지만 그걸 빨아 먹는다는 걸 우린 언제나 부끄럽게 생각하는데 아침 이슬 먹고 솔바람 속에 거닐음이 얼마나 아름다운 일일까요 하지만 혹시 당신 어쩌다 사람들 찾아오면 오랜만에 한 번씩 포식하고 그 맛있는 피를 그리워함을 그리움의 외로움을 얘기하고픈 마음이 굴뚝같음을 간신히 참고 있음과 이제 그만 내려와 사람들 틈 속을 날아다니고 싶은 걸 삭이느라 휘휘 휘파람 부는 건 아닌가요 혹시

# 외출

바닷가에 서 있는 동안 버스는 바닷바람 가득 안고 있
다가 서서히 멀어져 가면서 가로수에 몇 점씩 소금처
럼 뿌려 주면서 결국 텅 빈 가슴으로 과거를 잃어버린
다 숨 막힐 듯한 공간에서는 오히려 바람이 질식해 버
리고 걸어가는 승객 그 승객의 옷자락에 바람 몇 점
간신히 매달려 따라가고 그 꽁무니 잡고 바닷가에서
부터 따라온 파도소리 두어 개 두리번거리며 간다 지
난여름 태풍으로 와서 우뚝 선 수많은 벽들에 머리 깨
이고 다리 부러진 여기저기 붕대 감은 바람들이 골목
에서 신음소리 내고 더러는 소금기 씻어 내고 넥타이
매고 씽씽 돌아다니는 사이를 바람과 파도소리 겁먹
은 듯 두리번거리며 간다

# 겨울 풍경

모진 한풍 이 덜덜 떠는 대추나무들과 겨우 유리창 하나 사이로 적당하게 물 좀 주고 난로도 피워 주면 기막히게도 방안에선 무꽃이 핀다 두 동강 난 허리쯤 제살점 파낸 곳에 물 가득 찬 것 아랑곳없이 거꾸로 매달려서도 무꽃은 핀다 쌓이는 눈 부는 바람 개의치 않고 싹 돋고 잎 돋아 자랑스러운 듯 무우꽃이 핀다 그 옆에서 덩달아 깨꽃 떡잎 하나 빼꼼히 돋아난다 영원히 깨꽃이지 못할 깨꽃 떡잎 하나 옆에서 덩달아 고개 까딱까딱하며 돋아난다

# 신촌에서

종로에 가면 가방은 이미 내 손에서 벗어나 이놈 저놈
손으로 왔다 갔다 하며 열리고 광화문이나 서울역 근
처를 어슬렁거릴 때면 나는 더 이상 대한民主공화국
主民임을 포기하고 제국시대 신민이나 혹은 머슴쯤으
로 쭈뼛거리며 속주머니까지 까뒤집어 보여야 하지만
그러나 이대 앞 지하철역 변소에 가면

오오 이렇듯 자유와 민주의 깃발이 사방 가득 똥빛으
로 펄럭이며 만세 부르고 있다

ㅇㅇㅇ과 x x x를 민족의 이름으로 처단하라라라라라라
이 새끼들아 공부나 해라라라라라라
똥 누러 왔으면 똥이나 싸라라라라라라

# 붕어와 성상聖像

육교위 함지박 위에 일제히 고개 솟구쳐 껌벅이는 붕
어들 입이 직선으로 가리키는 곳엔 높다란 교회당 지
붕 위에 두 팔 벌리고 서 있는 예수상 안타깝구나 난
네게 신선한 공기와 물을 줄 수가 없구나 사람들이 나
를 너무 높이 올려놓아 현기증 나서 움직일 수조차 없
구나 길게 누워 헐떡이는 붕어 주위로 우우 모여드는
단내 나는 사람들 속 소나기라도 한차례 내려주십사
하늘에 부탁할 밖엔 별도리 없는 슬픈 성상 위엔 잠시
놀다 간 비둘기들 붉은 발자국 몇 개 마른 눈물 자국
몇 개 그리고 슬프디슬픈 눈초리 두어 개

# 李箱

더러는 이사도 가야지 햇빛이라곤 창문 귀퉁이에 비친 손바닥만 한 거와 방바닥에 내려앉던 손수건만 한 것밖엔 구경 못한 장롱이 삼륜차 뒤꽁무니에 매달려 그 매일 바라보기만 하던 햇살도 직접 먹어보기도 해야지 건물들 사람들 하늘까정 다아 거울에 담아 가끔은 방으로 가져갈 수 있게 해야지 너만을 비춘다고 너만은 아닌 것을 하늘 먹고 구름 먹고 바람까정 먹은 속에서 비로소 네가 비치는 걸 햇빛 안 비치는 방 속으로 들어가도 알게는 해야지 알게는 해야지 가끔 가단 이사도 가서

# 별 아래 하늘 아래

포도잎이 들어섰던 자리에는 별빛이 바람에 꿰여 반짝반짝 테두리를 이루고 그 속으로 바람이 한번 휑하고 별이 출렁거리네 갈현동 언덕 위에 떠있던 별이 내방 앞 앙상한 수도자의 꿈자리까지 찾아와 소록이고 있는 새벽 3시엔 모두가 잠들고 별 아래 하늘 아래 이불들 다 걷어내고 지붕들 다 떼어낸 채 뜨뜻한 아랫목 온돌바닥 위에 등대고 새근새근 잠들고 그 위에 별빛만이 외로이 바람 따라 날줄로 씨줄로 짜이네 이불처럼 짜이네 그러고 보면 너나 나나 한 이불 속에 잠들고 있는 거니 소슬히 소슬히 내리는 찬 하늘의 별이라 해도 쪼끔만 슬퍼야겠구나

# 바닷가 1

바다는 그 넓은 가슴으로
하루 종일 햇살 끌어모으지만
새로 태어나는 물고기들 비늘 만들고
전복 껍데기에 무지개도 새겨 주고
제 몸 엷은 곳에 물감칠하는데 다 쓰곤 해서

바다는 그래서 엄청나게 햇빛을 먹고도
조금도 뚱뚱해지거나 배탈 한 번 안 난 채
날씬하게 수평선을 그을 수 있다

# 바닷가 2

바닷가에 사는 적막은 절대 침울하거나
쓸쓸한 모습을 보이는 적이 없다
아침 해가 떠오르기 전의 그 고요한 시간에서조차
적막은 소란스럽게 굴껍질을 깨우며 돌아다니고
찬란한 해돋이를 저 혼자 맞는 게 안타까워
고동 속에 들어 있는 애기게까지 불러내 온다
바닷가를 거니는 사람들의 옷자락에도 들어가
한바탕 간지럼도 먹이고
조개껍질하고 나란히 일광욕도 잘하는 적막은
바닷가에서 수평선이 무엇인지 알고 있는 듯
이곳에서는 유독 바람 속에
언듯언듯 모습을 드러내기도 한다

무너질 듯한 설움 같은 거야
어디엔들 없으랴마는
바다가 저렇듯 겸손하게 서 있는 곳에서
적막도 눈물 흘리고 있을 수는 없어서

바다가 그 흰 이를 드러내고 웃는 것처럼
씨익 눈비비고 돌아다니며
파도와 파도소리를 세어 나간다
…참음 …사랑 …너그러움 …비상 …웃음
이 세상의 제일 깊은 진리는
결국 한 점 미소거나 한바탕의 웃음으로 끝나고
덩치 큰 바다도 바람에게 얼굴 내맡겨
곱게 잔물결 이는 바닷가에서
비가 오면 바다는 오히려 조용해지고
고기들도 외로워 펄떡펄떡 뛰는데
점점으로 무늬 지는 빗자국에도 적막은
팔방놀이하며 깨금발로 뛰어다닌다
저녁녘 외로워 고기 몇 마리 뛴다 해서
결코 밑동까지 그 수평이 흔들리진 않는 바다는
동그란 물살을 일으켜 고기의 외로움을 달래준다

저 비 내리는 바닷속에도 고동은
거이 새끼들은 낄낄대며 기어다니고
고기들은 숨 쉬고 다시 태어나면서
바다 위에 물살 일렁이면서
적막이 드디어 하늘에 무지개 걸어놓고
그넷줄 매어놓고 그네 타는 것을 본다
흔들리며 모든 것을 힘차게 끌어안는 바다와
바닷가에 사는 적막은 따라서
결코 울거나 쓸쓸한 모습을 보이는 적이 없다

# 바닷가 3

내 어렸을 때 정월 보름 밤이면
물그릇 주위로 둥그렇게 머리 맞대고
어머니가 잣 하나씩 바늘에 꿰어 불붙이고
잣이 제 기름으로 훨훨 타오르는 것과
타고 남은 숯덩이를 물 위에 띄우는 것과
그렇게 식구마다 이름 붙여진 잣덩이들이
물 위에 떠 다니며 서로서로 모이는 것을 보면서
그 해의 소원을 맘속으로 외우곤 했는데,
이제 바닷가에 홀로 앉아 담배 피우고 있다
하나 피우고 던지고
또 하나 피우고 바다에 던지면서
저 넓은 바다에서 저것들이 언제쯤 다시 만나
서로 이마 마주 대고 볼 비비며
서로의 다리도 되고 어깨도 되어 줄 것인지
바다가 되어 내 발치에 와 출렁일 것인지
오늘은 빗속 바닷가에 앉아 담배 피우며
점. 점. 점. 물새 날아온 섬 쪽을 건너다보고 있다

# 바닷가 4

꼭 밤나무처럼 생겨 먹었다고 그래 너도 밤나무냐고
그래 나도 밤나무라고 사실은 개가 참외를 먹었을 리
야 있겠느냐만 사람이 후딱 먹어 치웠을 터이지만 좀
점잖지 못할 테니 부드럽게 개똥참외라고 어떻게 그
뜨거운 뱃속에서도 살아남아 코 쥐고 태어나면서 버
린 자식 취급받으면서도 어찌어찌해서 꽃피우고 드디
어는 열매 맺는 이 씨를 보아라 너도 나도 밤나무야
참외 먹은 녀석들아 이 좁쌀만 한 씨를 보아라고
개똥참외가 밭두렁에서 웃고 있는 여름,

어디선가 파도 소리 들리고 수평선이 창이 되어 하늘
로 일어서고 있다

# 바닷가 5

속살이 새의 부리를 닮아
새조개라 이름 붙은
속껍질이 불그레한 조개를
바닷가에 앉아 씻고 있다

등에 붙은 수염 손톱으로 긁어내고
아직 남은 근육 몇 점 애써 떼어 내면서
몇 번이고 바닷물에 씻고 있다

이빨 빠질라 조심하면서
곳곳의 때도 벗겨 가면서
곱게 바닷바람에 씻고 있다

내 이것 그대에게 주었을 때 그대 내 정성 다 모르고
얼굴에 상처 내고 구석 먼지 위에 쌓아도 조개껍질 내
손길 오래오래 기억하고 감사하고 먼지에게 사랑 베
풀지 몰라 나도 한 번의 어루만짐 후회하지 않으며 오
래도록 남아 또 다른 어루만짐 불러일으킬지 몰라

# 바닷가 6

깊은 바다에 사는 조개를 우리는 캐어다가
소라고둥을 우리는 따내다가
알맹이만 빼먹고 껍질은 바닷가에 내던진다
언젠가 한번 지나쳤을 물살
기슭에 와 거품으로 물결 짓는다

저 흐르는 선 줄무늬 색들을 보면
조개는 자라면서 사금파리 개펄 쏘다니며
껍질 키워내고 단단히 하는 일을
속살 키우는 일보다 열심히 하고
어느 땐가는 날카로운 칼 들이닥쳐서
속절없이 입 벌린 채 제 살점 뜯기워질 것
알고 있었는듯하다
죽음이 지나간 자리에 남는 것은
살 아닌 푸석이는 먼지 어둠뿐
바다는 그 오랜 세월 보아옴으로
제 품속 사는 조개 소라 고둥

어쩔 수 없이 내주지만
살며 만들어 놓은 그 무늬 색들은
죽지 않고 살아남아
다시 바다로 돌아오게 한다
속살은 잠시 스쳐 갈 뿐
기꺼이 제 몸으로 껍질 다져서
기꺼이 죽음 앞에서 웃고 가게 한다

오늘도 바닷가에는 조개껍질 몇 개 떠서
떠나온 곳으로 물살 타고
줄곧 흘러가고 있다

# 바닷가 7

출렁이는 고기들과 해삼 멍게들과
숱한 조개들을 우리는 먹으며
저들의 많은 숫자가
일생동안 잡히지 않고 그대로
바닷속에 잠긴 채 죽는다는 것을 생각 안 한다

가령 조개가 크게 자라 늙어서
죽게 되는 경우와
저 고기가 천수를 다하고 죽을 때
바다의 색깔과 해삼 멍게 말미잘은

꽃밭 속 향나무를 다듬어 주면서
어느 이름 모를 산 구석에 선 나무보다
너는 얼마나 행복하냐고 영광이냐고,

우리를 위해 장미를 가꾸고 개를 기르고
층계 틈으로 돋아나는
잡초를 캐내지만
짙은 바닷속에는 지금도
숨넘어가는 고기와 태어나는 소라 새끼들이
홀로 고개를 떨구는 들꽃이 자라는 것을 생각 안 한다

# 바닷가 8

바닷가로 밀려오는 파도의 쏴쏴 소리는
화살 되어 햇줄기 속 날아다니다가
허리 부러지면 한데 뭉쳐서
석류꽃 속에 들어가 앉는다고

어떤 미친놈이 바닷가에서 중얼거리며 돌멩이 하나
바다에 던지니 떨어진 주위로 파문 점점 물살 되어 뻗
어 가네 넘실대는 파도 지나 물살 지나 더러 기죽고
힘 뺏기기도 하며 일렁일렁 기슭으로 번져 나오네

빛의 속성은 직진
일단 하늘에서 떨어져 내려와 바위에 꽂히면
그것은 각도 맞추어 반사되고
소나무 줄기서 다시 방향 바꾸고
돌멩이로 건물로 지붕으로 전전하면서
어느 곳쯤 힘없어 주저앉아 버릴까

코끼리는 코끼리 무덤 있어 죽을 때 되면 모두 거기
찾아가 상아들 감춰 놓듯이 세상에는 빛의 무덤도 있
다 하여 하루 종일 눈비비고 돌아다녀도 보이는 것은
여기저기 튀는 빛살 줄기뿐,

밤이 되어 빛들 하나도 안보이고
소리마저 숨죽일 때면
어디선가 웅웅이며 울렁이며 내려오는
아른거림 질질 신발 끌며 부딪히고
또 일어서는 소리
끊임없이 소리 없이 꽃잎 벙글어지는 소리
어디선가 먼동 터오는
모여 사는 빛들의 수런거리는 몸짓
아 그 환하디환한 눈웃음 소리

# 바닷가 9

목이 부러진 꽃송이에 반창고를 감아주는 손은
아직 살아 있으나 너무 멀리 있다
우리들의 벌판에 우뚝 선 동상과
손에 손을 잡기 위해 하루 종일 맴돌아도
잡히는 것은 허무 몇 점 마른 햇살 몇 줄기뿐
손은 너무 높이 있어 그림자만을 보내온다
하늘을 나는 까치 한 마리 손짓해 불러 보아도
쏜살같이 달려가는 그림자뿐

진정 이 여름엔 살아 있는 손 만나려고
하루 종일 기차로 달려 내려와 봐도
결국 닿는 곳은 한 줄기 햇살 속
햇빛이 무수한 나뭇잎들을 지나
저렇게 바다에도 억수로 쏟아져 내린다

아아 바다는 거룩하게 몸을 떨면서
돌아가 돌아가라고 손짓하고,
우뚝 선 동상 그림자의 손과
손에 손을 맞잡기 위해서는
꼭대기까지 기어 올라가
정말의 손을 붙잡아야 한다고

# 빛살

1
바다 꿈꾸다 허옇게 죽어 자빠진
횟집 어항 속 뱀장어의 눈

영원불멸의 성전 앞에 꽂힌
대궁이 갈대 몇몇 죽어가면서 웃는
머리 산발한 웃음

포승줄에 묶인 아들의
호송차로 오르는 허연 솜바지
저고리를 타고 도는
어머니의 눈빛

설명할 수 없음

2
피뢰침부터 녹기 시작해서
벽돌 한 장씩 밑으로 해체되면서
그렇듯 온몸을 잃어가는
안갯속 나는 무엇인가
안갯속 나는 무엇으로 살아남는가


3
한낮이면 꽂혀 내리는
눈ㅌ의 웃음의 빛살들
따갑게 받으며 걸어가나니
이제 모조리 화살 되어 쏟혀 내리는 빛살
안갯속
잃어버린 그림자를 모으고
또 모으고
꺼져가는 불씨 모으고 또 모으고
휘청거리며

걸어가는 사내의 등 가득히
꽂혀 내리는 빛의
살

# 어느 학자의 죽음

상아탑 속에서
고전연구에만
몰두하고 싶어 했던 한 학자가
어두운 시대를 살아
뛰어난 능력을 갖고도
결국
사형장에 긴 그림자를 남기고
사라져갔다

그가 살아
시대를 조금 비껴가면서 살아
조금쯤은 부끄럽게 살아남아
고전연구를 많이 남겼다면
더 좋았을까?

# 근영近映

어느 땐가는 파리채로 때려잡았지만
이제는 단지 약을 뿌림으로써
방문 걸어 잠그고 모기향을 피움으로써
쉽사리 잡을 수 있게 되었다

따라서 손에 피 같은 것을 묻힐 필요도
죽음을 언뜻 생각할 필요도 없이
방을 그저 쓸어내기만 하면 되었다

할머니는 할아버지와 아버지 위해 때로 손주를 위해
저 뒤란 닭장 속 노는 닭들 모이 주던 손으로 모가지
비틀고 칼 들이대고 끓는 물에 담가 털 뽑고 끓이느라
고 털 뽑힌 닭 튀어나온 물속으로 다시 잡아넣느라고
당신은 언제나 닭 냄새 때문에 아직도 닭고기를 못 잡
숫는다

파리는 앉기만 하면 두 발 비비며
살려주소 살려주소 애처로움에
그것을 어찌 때려잡겠느냐고,
발부리에 혹시 들꽃이라도 눌리진 않았는가
다시 한 번 확인하며 조심하면서
짐짓 그렇게 길을 걸어 다니다가

돌아와 창문 꼭꼭 닫고
모기향 피우고 파리약을 자못
허공에다 뿌리는 듯 휘휘 돌리며
꽃병 속에 꽂힌 꽃을
이제는 아름다움으로 바라보고 있다

# 동해에서

저 출렁이는 물살 흰빛 파도들을
매일 밤 머리맡에 놓아두고도
바라보지 못했었구나
돌아보면 서울과 동핸
저녁과 아침 사이 단 하나의 밤뿐인데
수많은 밤을 보내면서도
아침엔 정녕 한 점의 바닷바람도 맞지 못한 채
회색빛 안갯속만을 헤매었구나
밤차를 타면 쫓겨 가는 어둠들
뒤쫓아 서서히 다가오는 아침 햇살들
그 끝에 언제나 있었던 듯
가볍게 기슭을 어루만지는 파도
끼룩이는 물새 두엇 그리고
까 마 득 한
수평선
내 한낮에도 안개 속 허우적일 때
모두 저 밤 건너 아침녘에 화안히

자리 잡고 있었구나

이 아침 나라에 이르기 위해

내 얼마나 많은 안갯속을 서성여야 했던가

이 어둠의 밤을 거슬러 오르기 위해

얼마나 많은 밤들을 헛되이 잠속으로 흘려보내야 했

던가

이제 바라보노니

어둠 저편에서 묵묵히 빛나고 있는 바다

어둠을 말아 올려 아침을 마련하는 바다

이제 돌아가 안갯속에 묻혀도

끊일 듯 끊일 듯 들려오는 물소리 들리리니

어둠 끝을 이루는 건 바로 아침의 나라

새벽빛으로 빛나는 그 아침바다

도시의 아침 황량함 속에서도

꿈속에서도 늘 뛰어다니리니

# 겨울 강가에서

변함없이 흐르기만 하는 저 강도
얼 때가 있으니
얼어, 죽은 듯 누워있을 때가 있으니
해마다 이맘때쯤 어느 날
문득 나자빠지듯 얼어 버리는 강
그 추위 속에서도 꿋꿋하기만 하더니
문득 돌아선 듯 얼어 버리는 강

오늘 나는 눈 덮인 강을 바라보며 저 강이 얼마나 힘
들고 힘들게 흘러왔는가 또한 쉬임없이 머리 부딪히
며 이 깨물며 얼지 않으려 꿈틀거렸는가를 생각한다
그리고 이 겨울을 화려하게 장식해 준 몇 번의 강추위
를 참으로 어렵게 견뎌내며 푸르게 흐른 것도 또한 떠
올린다

그러나 속속들이 파고드는 추위란 끔찍이도 무서운
것이었는지 저 강의 가슴 속 한 구석부터 싹트기 시작

한 두려움은 두려움을 낳고 마침내는 저렇듯 죽어 나
자빠지듯 강이 얼어붙는 것도 또한 본다

그리하여 저 강을 얼게 한 것이 추위인가 혹은 추위에
대한 두려움인가를 생각하며 눈 덮여 녹을 줄 모르고
누워있는 강의 옆구리를 걸으며 중얼거린다

정말로 얼어버릴 수밖에 없었는가
얼지 않을 수는 없었는가고

얼마나 힘들었으랴
얼지 않으려는 저 강의 몸부림은
그러나 얼마나 가슴 저밀 것이랴
저 강이 풀리기 위해 흘려야 할 회한의 눈물은
이제는 몇 번의 따스함과 어루만짐으로는
쉽사리 풀리지 않으리니
가슴에 몽우리진 저 치욕과 슬픔의 덩어리들은

몇 번이고 봄의 입김이 스친 후에야
비로소 깨어나리니
봄과 함께 더불어 날아올 노랑나비들은
저 강의 한때의 꿈틀거림과 저미던 아픔을
기억할 수 있을 것인가
저 나자빠진 듯한 강과
비로소 풀리며 수줍게 흘러가는 물살을 보며
겨우내
묵묵히 굽어보기만 하던
저 비탈에 선 늘 푸른 소나무는
무엇을 떠올릴 것인가

# 겨울나무

1
많은 것을 갖기 위해서는
우선 아무것도 갖고 있지 않아야 한다

찬바람 부는 지금
네가 더 이상의 철쭉이 아니듯이
너 또한 모란은 이제 아니다
휘황한 꽃도 널따란 잎사귀도 모두 벗어버렸을 때
네 이름마저도 벗어버렸을 때에야
비로소 너는 벌거숭이가 되고
비로소 너는 엄마가 되어
추위에 문드러진 네 살로써 자식들을 키울 수 있다
겨울나무가 된 엄마는
결코 휘황함을 자랑하지 않는다
엄마는 소리 지르지 않으며 엄마는 뒤돌아보지 않는다
뒤돌아보면 보이는 아름다웠던 것들
그러나 이제 네게 남은 것은 기다리고 아파하는 일뿐

웃음 웃던 함박꽃 하늘 뒤흔들던 모란꽃을
그때는 친구일 뿐이었던 그들을
이제는 하나가 된 벌거숭이로 바라보는 일뿐
하나의 겨울나무로 다시 태어나서
바람 속에서도 가만히 미소 짓는 일뿐이다
눈을 기다리며 자식을 키워내는 일뿐이다

2
눈물마저 얼리는 겨울밤
별빛이불 달빛이불 속에서
벌거숭이의 아픔은
벌거숭이의 기쁨으로 되살아난다

이제 아름다운 것 모두 벗어버리고
자신만을 사랑했던 작약과 모란은
서로를 사랑할 수 있고
벌거숭이이기에 햇살은 더욱 따뜻해질 수 있다

결국 네가, 정말로 아무것도 가진 것이 없을 때
귓바퀴를 떼어가는 바람마저도 네겐 친구가 된다
결코 슬퍼하지 않을 일이다
무엇인가를 정말로 갖는다는 것이
벌거숭이로 한겨울을 지내야 하듯
숨 막히는 아픔일지라도
복되고 복된 일이므로
네가 모란이기 이전에 겨울나무였고
꽃이기 이전에 벌써 너는 엄마였다는 것을
눈을 기다리는 네 뜨거운 수액은 알고 있으리라
이제 슬퍼하지 말라
오히려 감사하며 웃으며 노래하라
기다리면 오리라
네가 한 덩어리 겨울나무 되어
된서리 속 울며 지새운 그믐밤이 지나면
하얀 눈이 풀풀 내리리라
새파라니 얼어붙은 벌거숭이 가지마다

흰 눈으로 겨울꽃을 피우면
어느 가진 것 있는 자가 이보다 더 찬란한 꽃을
피울 수 있으랴
엄마여 사랑하라
겨울꽃은
버림으로써 비로소 얻은 사랑의 꽃이리니
벌거숭이 겨울나무여
벌거숭이를 사랑하고
겨울 모르는 남쪽 나라 야자수까지 사랑하라
벌거숭이기에 갖는 무한한 가능성의 마음으로
모든 가진 것 있는 자까지도 사랑하라
사랑하라, 네 몸으로 자식을 키우듯
그렇게 사랑하라

2부 장자님 말씀

# 할머니의 눈물

할머니 숨 거칠게 몰아쉬다
갑자기 뚝 끊어졌을 때
둘러싸고 있던 식구들도 모두
숨 끊어진 듯했지
그러다 훅하며
울음 터져 나오고
비로소 슬픔이 북받쳐 올랐지
그런데 그때
당신 마지막 숨 거두신 순간
꼭 감은 눈가로 번져 나오던
눈물 한 방울
무슨 의미였을까
한 많은 세상
그래도 떠나기 아쉬워
흘리는 눈물이었을까
아니면
온갖 시름의 끈 놓아버린
기쁜 안도의 눈물이었나

# 장자님 말씀

장자가 말했다던가
'복수하지 말라
강가에 앉아
한 십 년쯤 기다리고 있으면
원수의 시체가 떠내려오리라.'

어떤 경우는
1년도 안 되어
모조리 떠내려오고
어떤 때는
몇십 년을 하염없이 기다려도
개미 새끼 한 마리 보이지 않는다

강가에 나가야 할까
말까

# 작은 비극

저녁마다 집에 돌아와 뜨뜻한 물 받아놓고 소금 한 두어 숟갈씩 타서 그륵그륵 양치질을 한다 하루 종일 낀 먼지와 거짓의 때들 모조리 씻겨나가라고 내일은 거짓말을 하고 싶어 목구멍이 간질간질하거나 해야 할 말들이 입 밖으로 나오지도 못한 채 누우런 가래로 목구녕에 엉겨붙지 않길 바라며 그륵그륵 몇 번이고 목구멍을 씻어낸다

그리하여 깨끗해진 목으로 잠자리에 들지만

그러나 나는 또한 안다 내일과 또 다음의 날들을 위하여 소금을 남겨두어야 한다는 것을

# 水平

앉아서도 일어서서도 영 기우뚱거리기만 할 때면
자꾸 몸이 한쪽으로 기울어질 것만 같을 때면
호수라던가 큰 강가에 나가 서보라
거대한 물들이 바람쯤엔 끄떡 않고
아스라이 수평을 이루고 있는 것을
오히려 기슭 산발치에다 고요함을 나누어주고 있는
것을
가슴으로 느낄 수 있을 테니
작은 바람에도 휘청이며 헤매일 때면
그렇게 호수나 강가로 가 오래 서 있어보라

# 가끔

가끔
달이 되고 싶을 때가 있다
유리창
사람들의 눈동자 속
비칠 수 있는 곳이면 모두
제 모습 나누어주고도
아직 남아 빛날 수 있는
달이 되고 싶을 때가 있다

가끔
하늘이고 싶을 때도 있다
미워지는 것들에서 눈감고 싶을 때
작은 도랑물 위
비 지나간 웅덩이
여름날 무성이는 잎새들 위에
안길 수 있는 곳이면 어느 곳이든
가만히 내려앉아 들어가 있는
퍼내도 퍼내도 마르지 않는

하늘이 되고 싶을 때가 있다

가끔은 나무이고 싶기도 하다
잠시 서 있음에도 어지러워 휘청일 때면
하루 종일 말없이 서서
비바람 눈보라 그 팔로 안아 들이는
그러면서 햇빛 받아 무수히 반짝거리는
나무이고 싶을 때가 있다

그러나 정말은
햇빛이 되고 싶다
바람 못 가는 유리창 너머
지붕으로 막혀 보이지 않는 방안에까지
어루만질 수 있는 곳이면 어느 곳이든
가만 다가가 따스함 나누어주는
햇빛이고 싶을 때가 있다
요즘처럼 한낮에도 으스스 몸 떨릴 때면

# 세상의 공평함 또는 불공평함에 대하여

매 한 마리
높다란 나무 우듬지에 앉아서
유유히 세상을 굽어본다
온 사방에 자신을 드러내고도 자신만만하다

솔새 떼가 나무 그늘로 날아든다
분주하다
이 가지에서 저 가지로 쉴 새 없이 움직이며
사방을 두리번거린다

사람들 세상이나 마찬가지로
새들의 세상 역시 부당하구나

# 숲의 주인

한 떼기 숲을 놓고
물까치와 꾀꼬리 떼가
영역다툼을 벌인다
꾀꼬리 떼가 승리하여
숲을 차지하지만
그것도 잠시
겨울이면 떠나고
직박구리와 어치의 숲이 된다
그러다 봄이면 뻐꾸기가 오고
박새와 산비둘기가 날아다닌다

저 숲 역시
지금은 잣나무로 무성하지만
곧 댕댕이덩굴 숲으로 바뀌리라
그리곤 다시 버드나무 숲이 될 것이다
그렇다면
이 숲의 주인은 대체 누구란 말인가

# 오, 가벼움의 위대함이여

그제는 폭풍우가 몰아쳤다
어제는 하루 종일 장대비가 쏟아졌다
여기저기 굵은 나무들
속수무책으로 부러졌다

오늘도 하염없이 비가 내리는데
저녁녘 툇마루에 나가 앉자마자
모기가 사정없이 달려든다
폭풍우도 끄떡없는 모기여
한없이 가벼운 모기여

오 가벼움의 위대함이여

# 빗속에서

비가 며칠을 계속 내렸다
그 빗속에서도
오이가 자라고 블루베리가 까맣게
익어간다

나무들은 두 팔 벌리고
신나게 몸을 흔들고
빗속에서도 새들은 유유히 날아다닌다

오직 인간만이 비를 두려워한다

# 잠자리

그제는 비가 내렸다
잠자리가 빗속을 날아다녔다
어제도 몹시 비가 내렸다
그 빗속에서도 잠자리는 나뭇가지에 앉아있었다
오늘은 비가 그쳤다
잠자리들이 떼로 몰려다닌다

잠자리는 비를 우습게 아는구나

# 알 수 없는 것들


하염없이 비가 내리는데
저 새는 왜 저리 하염없이 울고 있는지
사납게 달려들어 끈질기게도 피를 빠는
저 모기는 왜 만족을 모르는지
자연을 온통 괴롭히기만 하는
인간은 왜 세상에 존재하는 것인지
왜 서로를 죽고 죽이며 살고 있는지
모르겠다 왜 그러는지

# 눈

눈이 온다
눈이 내려
제일 먼저
밟히고 밟혀
맨살 드러난 오솔길
헐벗은 실가지
골파여 쓸쓸한 그늘에 쌓인다

그늘에 쌓여 오래도록 남아있다

# 모순

눈이 와서 세상 모든 것 죄다 덮고 나니
그동안 보이지 않던 짐승 발자국 비로소 드러난다

추위가 깊으니 하늘은 더욱 맑고
밤하늘의 별은 더욱 빛난다

가을을 알리는 입추는
그 덥디덥다는 말복 전에 놓여있다
바닥 근처에 이르면 이를수록
솟아오를 순간이 가까워온다

해뜨기 직전이 가장 어둡고 춥다
너무 기쁘면 웃음이 아니라 눈물이 난다

# 산길 걷는 법

묵묵히 그냥 앞만 보며 걷는다
오매불망 정상만을 생각하며 급히 걷는다
정상을 정해놓지 않고 걷는다
새소리 바람 소리 들으며 걷는다
버섯이라도 있나 두리번거리며 걷는다
꽃만 나오면 멈추어 한참씩 들여다보고 걷는다
발끝에 떨어진 열매를 주우려고 고개 숙이고 걷는다
발걸음 발걸음마다 꽃이 피어나듯 걷는다
아무 생각 없이 걷는다

# 결국에는

어떤 나무는
봄도 오기 전에 싹을 틔우고
어떤 나무는
봄이 다 갈 때쯤에야 잎을 틔운다

가을에도 그렇다
샛노랗게 물든 은행나무 옆
잎 다 떨군 앵두나무 옆
매화나무는 여전히 푸른 잎을 달고 있다

어떻든 모두들 결국은 잎을 틔우고
결국은 잎들 다 떨구고 만다

# 결국에는 2

찬바람 몰아치는 11월 어느 날
누렇게 물든 잔디밭 사이로
토끼풀이 독야청청
새파란 잎들 뽐내고 있다
마치 한겨울 내내 그렇게
푸르고 푸르를 수 있기라도 할 듯이

# 잔디

독일의 잔디는 희한하게 겨울인데도 파릇파릇하기만
하다 숲의 나무들은 다들 단풍들어 낙엽 지고 앙상하
게 남아있는데 유독 잔디만은 눈 속에서도 독야청청
이다 뭔가 잘못된 게 아닐까 잔디는 가을이 되면 당연
히 황금빛 금잔디가 되어야 하는데 독일인들은 겨울
이 되어도 잔디가 푸르른 건 당연하다고 생각한다 그
래 서로가 잔디의 늘푸르름과 가끔 안푸르름을 이상
하게 생각하며 서로를 이해할 수 없어 한다 독일의 저
잔디를 한국에 옮겨 심으면 겨울에도 푸르를까 아니
면 누렇게 변할까 겨울 잔디밭을 거닐며 생각한다 나
는 왜 여기 있는가

# 전인미답前人未踏

아무리 많은 사람이 다니던 길이라도
눈 내려 하얗게 쌓이면
아무도 가지 않은 길이 된다

지금까지 인간이 한 번도 지나간 적 없는 길이라도
이미 동물이며 벌레들이 무수히 간 길이다

그렇다면 간 길이란 무엇이고
가지 않은 길이란 무엇인가

# 겨울을 나는 이유

땅은 꽁꽁 얼어붙고
바람은 세차게 몰아치고
눈까지 푹푹 내려 쌓이는데

신기하다
눈 속을 파헤치면 보이는 푸릇푸릇한 것들
한겨울에도 뭇 생명들 죽지 않고 살아있다니
토끼풀이며 민들레며 장미까지
앙상한 배나무 묘목까지
죽은 듯 살아있다니

# 거목과 민들레


몇 백 년은 거뜬히 살아왔을
거대한 느티나무 밑동 새에
하늘하늘한 작은 민들레 하나
싹을 틔워 고개 내밀고 있다

아, 힘없는 자와 힘 있는 자의
아름다운 공생이여
또는 그 구분마저 애초에 없는
세상 만물의 공생이여

3부 단상短想 시편

1
종이에 손가락을 살짝 베었는데도
이렇게 아프니
사랑이라는 날카로운 비수에 베인
그대 가슴은
얼마나 아리고 아플지


2
모두가 죽은 것만 같은
앙상한 겨울 저녁 숲가
휙휙 불어오는 메마른 바람 속엔
어디선가 조용히 수액 흐르는 소리
잎눈 움트며 두런거리는 소리
실눈 뜨고 내다보는 나무들 소리

3
새들은 꼭
한 번에 한 알의 곡식만 물어간다
그래서 하늘을 날 수 있다


4
산 하나 헐긴 아무것도 아니지만
산 하나 만들긴 그게 어디
하루 이틀에 되는 일인가


5
바람 매섭고 적막한
보름날 달밤이면
저 달 홀로 타는 게 안쓰러워
내 피우던 담배 마당에 던져
함께 빛나게 한다

6

겨울 하늘에 더욱 별이 많은 것은
앙상한 가지 그 별빛으로
어루만져 주기 위함인가


7

앙상한 대추나무에 눈이 쌓여
햇살 속에 푸근하게 보일 때면
왜 겨울엔 비가 아닌 눈이 오는지
알 수 있을 것만 같다


8

달리는 버스 속으로 가득 채워지는
무논 밭 개구리 울음소리
어디까지 따라오려 함인가

9
비가 온 뒤 부쩍 늘어난 개구리 울음소리
개구리는 더러 비를 타고 내려오기도 하는가


10
성냥불로 손가락을 태우는 아픔이여
연줄을 끊어 바다 멀리 떠나보내는 아픔이여
움직이진 못하고 바라다보기만 하는
젊은 나무의 몸 뒤채이는 아픔이여

11

얼마나 많은 것이 보고 싶었으면
미루나무엔 저리도 눈이 많을까
걸어가진 못하고
서서 바라보기만 하는
터질 듯한 아픔 때문일까
무수한 잎들의 수런거림으로도
저녁놀에 타오르는 온몸의 불로도
부풀어 오르는 마음 전할 수 없어
제 몸에 무수히 기인 눈 새기며
홀로 서 있는 미루나무의 봄

12
지평선 이어지는 시골 역
기차는 먼저
기적 소리로
다음
한 점 불빛으로
그리고
바퀴소리로 다가온다

13

아카시아 숲에 아카시아꽃 만발하면
오랜만에 벌들 웃음소리 들린다
시장바닥 분수대 벌판에서 헤매이던 벌들이
모두 몰려와 날개 소리로 합창을 한다


14

인간에게 바람은 시련이지만
나무들에게는 신나는 음악이다
온몸의 세포를 깨워 신나게 춤추게 하는 음악이다

15
햇살은 공평한가
동서남북 골고루 비쳐도
북향 눈은 녹지 않는다


16
산꼭대기에서 굴전을 먹는데
굴껍질이 씹힌다
옆에 뱉는다
저 굴은
바다에서 태어나
이 산꼭대기에 묻힐 것을 짐작이나 했을까

17
술병이 무거우면
절로 두 손으로 따르게 되고
문틀이 낮으면
알아서 고개 숙여 들어간다


18
덕유산 자락에는
밤이며 잣이며 도토리가
지천으로 널려있어서
다람쥐들이 배불리 먹고 또 먹어도
남아 돈다
그래서 인간도 자연의 선물을
조금 나눠 먹을 수 있다

참 풍요롭구나

19
덕유산 다른 자락에는
밤이며 잣이며 도토리가
지천으로 널려있지만
인간들이 떼 지어 몰려와
몽땅 쓸어가는 바람에
다람쥐들이 굶주린다

참 더럽구나

20
겨울이 되면 세상은
점점 빨리 어두워지고 깜깜해졌다가
어느 순간 다시 해가
조금씩 길어지며 8시까지도 환해진다

그런데 우리 인생은 왜
황혼을 향해 달려만 가는지

21
밤새 길 위에 쌓인 눈을
열심히 치우고 있는데
아이들은 꼭
치우지 않은 옆길로만 뛰어다닌다
개들도 그렇다
어른 인간들만 안 그런다

22
희한하다
장갑을 끼면
손가락이 더 시리다
뿔뿔이 흩어진 손가락의
외로움 때문일까


23
저녁이면 사람들은
오늘 하루 밥값은 했는가 묻는다
밥값이라니
그럼 우리는 밥 먹기 위해 사는 건가

24
산길을 내려올 때면
헉헉대며 올라오는 사람들이
묻는다
정상이 얼마나 더 남았느냐고

조금만 더, 15분쯤
그들의 얼굴이 환해진다
아직 한참 더, 올라온 만큼 더
그들의 얼굴이 침울해진다

뭐라 대답해줘야 할까

25
멀리서 보면 잔디밭은
초록이 동색이지만
가까이 오래 들여다보면
잡초투성이다
세상일도 사람들도 너무 가까이 보면
온통 단점들만 보인다

그렇다
오래 보아도
가까이 보아도 안 된다
조금 떨어져 그윽하니 바라봐야 한다

26
아름다운 들꽃이나 나무 열매도
내려올 때 보다는 올라갈 때
몸을 낮추고 올려다봐야
더 잘 보인다


27
이렇게 수천 년 동안
인간들의 고통과 신음소리가
하늘 끝까지 울려 퍼지는데도
신들은 대체 왜
못 들은 척하고 계시는 걸까

28
개미들은 그저 열심히
길을 가고 있었을 뿐인데
지나가던 인간의 발에 밟혀 죽는다
가끔은 그 발길에 집도 박살 난다
마른하늘에 날벼락이다
개미 세상이나 인간 세상이나……


29
당신이 누구신지 궁금해요
당신은 제가 누군지 관심 없겠지만
저는 당신이 누구신지 알고 싶어요
당신의 고운 자태
당신의 고운 목소리를
가까이에서 어루만지고 싶어요

작고 어여쁜 이름 모를 새여

4부 불타는 단풍나무

# 정상을 오르다

숨이 깔딱깔딱 넘어가는
가파른 돌계단을 10분만 더 오르면
탁 트인 전망이 펼쳐질 텐데
그걸 모르고 중간에 발길을 돌린다

내 살아오면서
조금만 더 버티지 못해서
얼마나 많은 전망대를 놓쳐 버렸을까

# 아직은

버스를 놓쳤다고
분해하지 말라
다음 버스가 곧 오리라

얄밉게 앞질러가는
저 난폭한 차일랑
그냥 웃어버려라
다음 신호등에서 만날 테니까

자꾸만 앞서나가면
무덤 속으로도
일찍 들어가리라

서두르지 마라
살아가는 동안 꼭
한두 번의 기회는 온다
그러니 아직은

늦지 않았다
해가 뜨고 바람이 불고 꽃이 지고 꽃이 피니
아직
늦지는 않았다

# 앞산 토끼 뒷산 토끼

앞산 양지바른 산비탈에 사는 토끼는
봄이 와 날이 따뜻해졌어도
건너다보이는 북향 산비탈에
여전히 눈 쌓인 걸 보고
그 눈 녹으면 굴 밖으로 나가야지 나가야지 하면서
기다리다 결국 굶어죽는다

북풍한설 몰아치는 뒷산 산비탈 토끼는
제 사는 곳 아직 한겨울이지만
건너편 남향 산비탈 눈 녹는 걸 보고
봄이 성큼 다가왔네 하며
부지런히 굴에서 나와 먹이를 찾아다닌다

그러니 찬바람 부는 벌판도
시베리아도 때로는 축복일 수 있다

# 사랑의 향기

회색 음울한 콘크리트 담장에
큼직한 붉은 글씨 스프레이
## 너 를 사 랑 해!
그 밑에 작은 글씨

낙서해서 미안해


갑자기 담장이 환해지고
장미꽃 향기가 풀풀난다


어떤 말 때문일까

# 사랑노래

겨울 밤하늘 별자리 중 으뜸은

단연 오리온자리다

그런데 나는 나이 오십에 오리온자리를 처음 알았다

그 아래 찬란히 빛나는 시리우스도 이제야 겨우 알았다

헌데 내가 시리우스를 몰랐을 때에도

그는 늘 하늘에 있었고

내가 지상에서 사라진 후에도

그는 여전히 그 자리에 있을 것이다

오리온자리를 우리 조상은

장구별이라 불렀다

내가 그를 오리온이라 부르든 장구별이라 부르든

그에게는 아무 상관이 없다

내가 그를 모르고 지나쳐도

한번 쳐다보지 않고 지내도

그는 개의치 않는다

그럼 무엇이 문제지?

내가 문제다

그를 알게 되면서
그가 오리온이라고도 불리고
장구별이라고도 불린다는 사실을 알게 되면서
나는 이전의 내가 아니기 때문이다
이제 밤하늘을 바라볼 때마다
오리온자리를 보며 반가워하고
눈부시게 빛나는 시리우스를 보며 행복해한다
그래서 별을 아는 나는
이전의 내가 아니다
행복을 알아버린 나는
이전의 내가 아니다

당신을 알아버린 내가
당신을 바라보는 내가
이전의 내가 아니듯이

# 한겨울의 사랑노래

어제 복어국을 먹었는데 무사하다
감사하다
무주까지 차 몰고 무사히 내려왔다
감사할 일이다
저 멀리 뉴욕에 출장 간 친구가
건강한 모습으로 돌아왔다
고맙고 또 고맙다
자고 나면 들리는 흉흉한 소식들
그 속에서 죽지 않고 이렇게 살아있다는 게
기적 아닌가
살아서
낙엽 지는 소리, 저 멀리 산등성이에 눈 쌓이는 모습
보고 들을 수 있다는 것만으로도
고마운 일 아닌가
그러니 그대가 옆에 있어준다는 게
얼마나 감사한지…

# 세월

20년쯤 된 나무는 30년쯤 지나면 의젓한 중년 나무가
되고
거기서 50년을 더 살면 어엿한 고목이 된다
막사발도 한 천 년쯤 나이를 먹으면
헤아릴 수 없는 아우라를 뿜어낸다

걸어가다 무언가 머리를 잡아당겨 뒤돌아보니
저 귀퉁이에 고목이 된 아카시아 나무 한 그루
활짝 꽃을 피우고 있다
우리가 한때 떼로 심었다가 무참히 베어버린
아카시아 나무 한 그루
온 사방에 찬란한 향기를 나눠주고 있다

# 비 오는 날

비만 오면 사람들은 낙하산처럼 생긴 것들을 저마다 하나씩 들고 나와서 그걸 높이 치켜들고 다니는 데요 바람이라도 한번 휭하고 불어닥치면 하늘로 부웅 날아가 버릴 듯 버릴 듯하거든요 허기사 비 오는 날이면 가끔가다 한 사람씩 두 사람씩 깜쪽같이 사라지기도 하는 것이 그들이 아예 그걸 타고 하늘로 올라갔기 때문일지도 모르겠네요

# 나름의 이유

가렵게 만드는 독을 남기지 않고
피를 빨아먹는다면
내 기꺼이 모기에게 내 피를 내어주리라

힘들게 깎아 널어놓은 곶감을
반 정도만 먹고 나머지는 남겨둔다면
내 기꺼이 새들에게 곶감을 나눠주리라

그런데 왜?

숱한 시행착오를 거치며
이제 간신히 깨달은 지혜를
젊은이들은 전혀 들으려 않네

다들 나름의 이유가 있겠지

# 모기의 운명

모기는 하도 가벼워서
사뿐히 얼굴이나 팔 위에 앉아
침을 꽂고 피를 빨아도
당최
눈치채기가 어렵다
그런 모기도 박살이 날 때가 있으니
조금만 더 조금만 더 하다가
그만 들켜 무참히 전사하고 만다

모기의 목숨 건 피 빨기는
사람과의 싸움이 아니었네

# 당연하지

풋풋한 젊은이가 뿜뿜
매력을 발산한다
당연하지
자손을 번창시켜야 하니까

어린아이는 똥마저도
향기롭다
당연하지
어떻게든 살아남아야 하니까

늙은 내 몸에선
퀴퀴한 냄새가 난다
당연하지
나는 이제 사라져야 할 존재니까

# 풍경과 물고기

바람 부는 날이면
처마 끝 풍경에 매달린 물고기가
사정없이 흔들리며 날뛴다
마치 목줄에 매여 몸부림치는 중생들 같다
그러다 고즈넉한 저녁이면
고요히 고요히 명상에 잠겨있다

저 물고기는
인간일까 보살일까 고승일까

# 땀

하다못해 동네 뒷산에라도
땀 뻘뻘 흘리며 올라오는 사람들
그 사람들 얼굴
어른 아이 할 것 없이
모두들 환하다

제 다리로 제 힘들여
일하는 게 왜 필요한지
이제야 알 것 같다

국회를 남산 꼭대기로 보내야 할까 보다

# 한국은 지금 전쟁 중

KOREA FIGHTING!
시청 앞 빌딩에 걸린 대형 현수막
한국이 싸우고 있다고? 전쟁이 났다고?
그렇지 한국은 늘 전투 중이고
전쟁 중이지
우리에겐 입시도 출근길도 전쟁이니까
당연히 축구도 전쟁이다
그라운드에서 쓰러지더라도 꼭 이겨야만 하는
기필코 적을 물리쳐야 하는 전쟁이다
그래서 대한민국 파이팅이다

대~한민국! 대~한민국!
근데 언제부터 한국이
대한민국이 되었지?
언제부터 양화교가 양화대교가 되었지?
언제부터 대통합, 대역전, 대환호, 대검찰청, 서울대
공원,

특대, 대박, 왕대박, 왕짜증, 왕기초, 왕삼겹이 되었
지?

나는 대~한민국이 싫다
그냥 작은 한국이 좋다
작지만 수수했던 한국이 좋다

# 동네 뒷산

아주 조용하다 오늘은
동네 뒷산 꼭대기
나무를 끌어안거나
등짝을 비벼대고 주먹으로 마구 쳐대는 이들도
고래고래 소리지르는 사람도 없다
까치 한 마리
빗속을 걸어다닐 뿐

모두들 비를 피해 집안에 숨었다
이제야 자연세상이다

# 무제

고운 꽃
멋진 풍경
예쁜 어린애 얼굴
아무리 한참을 빤히 쳐다봐도
누구 하나 뭐라 하지 않는다

하지만
아름다운 여인의 그 환한 얼굴은
마음 놓고 바라볼 수 없어
몰래 흘끔흘끔 훔쳐보기만 한다

이건 참 부당하다
빨리 노인이 되고 싶다

# 노인이 되고 보니

노인이 되면
꽃이나 아이들을 바라보듯
그렇게
아름다운 여인의 얼굴도
빤히 무심히 바라볼 수
있을 거라 생각했는데
아니다
아직도 아니다
대체 무엇이 문제인가

# 인간의 입 사용법


남자들

명령하거나 명령 받들기
분노의 함성 터뜨리기
술잔 털어 넣기
아구아구 안주 집어넣기
그 밖의 시간엔 꾹 다물고 있기

여자들

깔깔대며 웃기
이야기하면서 웃기
아이스크림 조금씩 음미하며 미소 짓기
나머지 시간에도 늘 입을 조금씩 벌리고 있기

여자들이 오래 사는 이유를 알겠군

# 시원하겠네

비 오는 날
우산 밑으로 들이치는 비
다 맞고 돌아다니는 맨다리들은
얼마나 시원할까
샌들만 슬쩍 거친
맨발들은 또
얼마나 기분 좋을까

홀딱벗고 서있는 나무들
워매
가슴속까지 시원하겠네

# 먼저 가는 게 장땡

방송이나 신문지상엔 온통
잘 먹고 잘 살고 오래 사는 방법들로 넘쳐난다

하지만 내 주변엔
홀로 남아 외로움에 눈물짓는 사람들
여기저기 삭신이 쑤셔 얼굴 찡그린 사람들
극한 고통에 몸부림치는 사람들
요양원에서 멍하니 천장만 보고 있는 사람들

그래 먼저 가는 게 장땡인지 몰라
그래서 나는
아무 음식이나 막 먹고
술도 막 마시기로 했다

# 똘이

우리 동네 최고참
15살짜리 덩치 큰 개 똘이는
아마도 전생에
수도승이거나 철학자였는지도 몰라
그러다 어디선가 삐끗하는 바람에
아마도 약주를 너무 드셔서
개로 태어났는지도 몰라
늘그막인 요즘 그 녀석
언덕에 앉아 하염없이
들판을 내려다보는 폼이
꼭 견생무상을 몸으로
말해주는 듯하다
그 똘이가
가끔 어슬렁어슬렁 우리 집에 와서는
마루에서 혼술이나 홀짝이고 있는 나를
물끄러미 바라본다
'그러다 너도 개로 태어나지'
그 녀석 속마음이 들리는 듯하다

# 환생

아마도 환생이라는 게 있다면 나는
곱게 태어나진 못할 것 같다
옆에서 침 질질 흘리며
간절히 쳐다보는 동네 개들 아랑곳 않고
혼자 맛있게 고기 뜯고 있으니
이 업보를 갚으려면 다음 생엔
무엇으로 태어나야 할까

## 자연스러움에 대하여


뗄레야 뗄 수 없는 너무도 당연한 사실들
고추장과 한국인
감자와 독일인
그리고 야생마를 타는 인디언
그런데 우리는 모른다
고춧가루가 감자가 그리고 말들이
불과 몇백 년 전에는
그들에겐 없는
아주 낯선 존재였다는 사실을
처음 유럽에선 감자를
악마의 작물이라 불렸던 것을

얼마나 낯설고 이상했을까
4천5백 년 동안 한 번도 못 보았던 고춧가루를
처음 맛본 우리 조상들은

# 파리 목숨

식탁에 달려드는 파리를 차마 죽일 순 없어 파리채로
아슬아슬하게 옆을 쳐서 경고를 보낸다 다신 가까이
오지 마라
거의 죽을 뻔한 파리 그러나 금세 위험을 잊어버리고
다시 냄새를 쫓아 하염없이 달려든다… 아 이걸 아아
이걸…

내게도 누군가가 계속 그런 경고를 보내고 있을지 몰라

# 밀림의 왕자

밀림의 왕자라는 사자도 종종 사냥에 실패해서 며칠을 쫄쫄 굶고 어쩌다 다치기라도 하면 생명을 잃기 일쑤다 사는 게 만만치 않다 사자 새끼들은 살아남기가 더욱 만만치 않아 물소 떼가 시시때때로 그들을 노리는 바람에 어른이 되기도 참 힘들다 그러니 사자는 밀림의 왕자가 아니라 자기 힘으로 밥 벌어먹는 조금 힘센 동물일 뿐

그리고 보니 사자를 무서워하지 않는 놈들도 도처에 널려있다 사자 콧등에 앉아 유유자적하는 파리 떼들 그물도 뚫는 바람 무심한 풀과 나무 하늘 그리고…

# 세상만사

산행 초입 완만한 계곡 길로 접어들자 이런저런 생각들이 파도처럼 밀려온다 왜 그랬을까 어떻게 해야 하나 내일 아 내일 어떡하지… 그러다 산길로 들어서면서 길이 점점 가팔라지고 숨이 턱턱 막혀온다 온갖 생각들 눈 녹은 듯 사라져버리고 머리도 텅 비어버리고 오직 보이는 건 눈앞에 있는 길 지금의 이 길뿐

# 나이 듦에 대하여

1
왜 인간은 저 불타는 단풍나무처럼
찬란하게 노년을 맞을 수는 없는 걸까

2
그런데 시간이 지나 겨울 초입이 되면
단풍잎도 종국엔 추레해지더군

3
색바래고 추레해진 나뭇잎들
모두 떨구고
북풍한설에 온몸 내맡기고 있는
벌거벗은 단풍나무

오늘 다시 보니
오! 장엄하여라

해설

# 유물론적 상상력이 도달한 곳

박찬일

1.

김용민 시인의 첫 번째 시집이 나오려나 보다. 1983년 시단에 등장했으니, 올해가 2023년이니, 등단 40년이다. 갑자기 시집을 불쑥 들이미는 형국은 아니다. 등단 이후 김용민은 《우리 세대의 문학》을 통해 본격적 작품 활동을 시작했고, 최근 10여 년간은 《예술가》들에 신작 시들을 꾸준히 발표했었다. 필자는 김용민의 시 「장자님 말씀」을 중앙일간지에 소개하기도 했다. 필자와 김용민의 인연은 깊다. 나의 첫 시집 『화장실에서 욕하는 자들』(세계사, 1995) 해설을 김용민 시인이 수고했었다. 내가 그의 첫 시집 『불타는 단풍나무』 해설을 쓰는 것이 그렇다고

'보은'은 아니다. 그의 시는 매력적이다. 힘이 들어가지 않는 시! 비슷한 시들을 찾자면, 필자의 과문인지 모르나, '브레히트'(1898-1956)가 떠오를 뿐이다. 우선 이 시집 2부를 펼쳐보시라. 힘이 들어가지 않는 시를 보게 될 것이다. 그리고 '보이지 않는 뼈'를 시에서 느끼게 될 것이다.

2.
그러나 정작, 그리고 먼저 필자에게 주목된 시들은 1부의 시편들이었다. 1부의 시편들에서 벌써 김용민의 많은 것이 드러났다.

왜 멀리서 보는 노을은
저리도 아름다운가
언덕 위에 올라 내려다보는
굽이치며 감아 도는 저 강물은
늘상 잔잔히 떠오르고 있기만 한가
별빛 맞아 수없이 손짓하는 밤바다
아 이런 밤이면
세상에 무슨 괴로운 것이
무슨 뼈 깎는 아픔이 있을까 보냐
한 줌 바람에도

가득 실려 떠도는 보이지 않는

영원의 내음 들리는 듯

보이는 듯 차고 넘치는 이 밤 언덕에 오르면

발아래 별 쏟아진 듯 찬란히

수없이 펼쳐지며 반짝이는 등불들

저 아름다운 불빛 뒤에

우리들의 아픔은 송송 맺혀 있단 말인가

　　　　　　　　　　—「서시序詩」 부분 ①


밤을 잃어버린 양계장 닭들이거나 온상 속 꽃들도 가지
호박 오이 참외 수박들도 모두 모두 이제는 제 고향으
로 돌아가 쩔꺼덩 쩔꺼덩 마음 내키는 대로 가위치고
북치고 거기다가 피리까지 불어 대면서 땅속 개울물 솔
뿌리까지 들썩거리게 되면,


컥컥 숨 막히기만 하는 연탄재 빛 거리에도 두엄 냄새
라든가 풀잎 냄새 사향 냄새 같은 것이 몰려와 창백한
우리 얼굴 위로 언듯언듯 내려앉을지도 모르지,


결국 세상은 냄새부터 조금씩 달라질지도 모르지

　　　　　—「엿장수 가위는 엿장수 마음대로」 부분 ②

첫 번째 「서시序詩」와 네 번째 시 「엿장수 가위는 엿장수 마음대로」를 읽으면서 필자는 이 글 '해설' 제목을 '유물론적 상상력이 도달한 곳'이라고 해야겠다고 생각했다. ①의 노을, 강물, 밤, 등불들이 '유물론'이고, 그리고 반복된 "아픔"이 확장된 개념으로서의 유물론이다. '의식意識'의 유물론이다. ②의 "연탄재 빛 거리", "양계장 닭", "온상 속 꽃", 그리고 "가지 호박 오이 참외 수박들"의 나열이 유물론적이고, "두엄 냄새", "풀잎 냄새 사향 냄새"가 유물론적이다. 유물론에는 '변혁'의 냄새가 들어간다. 유물론적 변화-변혁이다. 끝의 "결국 세상은 냄새부터 조금씩 달라질지도 모르지"가 그것 아닌가? 시詩 한 편을 최종적 훈수 한 방으로 맺음하는 것이 또한 김용민 시작 Dichtkunst의 특징이다. 변증법적 유물론이다. 변증법적 유물론적 글쓰기이다. 이것은 2부, 4부의 시편들에서 두드러진다. 다음은 4부의 시 한 편.

하다못해 동네 뒷산에라도
땀 뻘뻘 흘리며 올라오는 사람들
그 사람들 얼굴
어른 아이 할 것 없이
모두들 환하다

제 다리로 제 힘들여

일하는 게 왜 필요한지

이제야 알 것 같다


**국회를 남산 꼭대기로 보내야 할까 보다**

　　　　　　　　　　—「땀」 전문(강조는 필자)


"동네 뒷산"이 "남산"으로 변용됐고, "땀 뻘뻘 흘리며 올라오는 사람들"이 "국회"(의원)으로 변용됐다. 변증법적 시쓰기이고, 이를 넘어 변증법적 현실주의적 글쓰기이다. 김용민의 시에서 서정적 진술이 먼저 가고, 유물론적 현실비판 진술이 그 뒤를 따르는 것을 말할 수 있다, 혹은 부인할 수 없다.

다시 1부의 시편들을 보자. 1부의 시편들은 '김용민 초기'의 시편들로 보인다. 문제는 늘 초기初期이다.


저 출렁이는 물살 흰빛 파도들을

매일 밤 머리맡에 놓아두고도

바라보지 못했었구나

돌아보면 서울과 동해

저녁과 아침 사이 단 하나의 밤뿐인데

수많은 밤을 보내면서도

아침엔 정녕 한 점의 바닷바람도 맞지 못한 채

회색빛 안갯속만을 헤매었구나

밤차를 타면 쫓겨 가는 어둠들

뒤쫓아 서서히 다가오는 아침 햇살들

—「동해에서」 부분 ①


상아탑 속에서

고전연구에만

몰두하고 싶어 했던 한 학자가

어두운 시대를 살아

뛰어난 능력을 갖고도

결국

사형장에 긴 그림자를 남기고

사라져갔다


그가 살아

시대를 조금 비껴가면서 살아

조금쯤은 부끄럽게 살아남아

고전연구를 많이 남겼다면

더 좋았을까?

—「어느 학자의 죽음」 전문 ②

①의 "서울과 동해/ 저녁과 아침 사이 단 하나의 밤"이라고 한 것이 김용민의 유물론적 시각을 모범적으로 현시한다. '저녁'과 '아침'이라는 시간 명사가 상호 의존적인 것으로, 그리고 측정 가능한 것('단 하나의 밤')으로 간주된다. 의식과 물상 역시 상호 의존적이며, 그러므로 의식 역시 측정 가능하다. 약간의 의식 편차가 커다란 현실 편차를 야기할 수 있고, 약간의 현실 편차가 커다란 의식 편차를 야기할 수 있다. 김용민의 신新 유물론적 시쓰기는 ②에서는 중립적(혹은 대조적) 태도 및 관점을 통해 현시된다. 역시 확장된 개념으로서의 유물론이다. "어두운 시대를 살아" 그 어두운 시대에 항거하고, 그것으로 형장의 이슬로 사라지는 "학자"를 얘기하면서, 동시에 "시대를 조금 비껴가면서 살아" 그것으로 "고전연구를 많이 남"긴 학자를 얘기한다.

'누가 이익을 보는가'Cui bono와 '누가 손해를 보는가'Cui malo로 쉽게 가를 수 있는 '문제'는 없다. 어느 것으로도 손해를 보는 쪽이 있고, 어느 것으로도 이익을 보는 쪽이 있다. '깊은 고민'이 유연한 유물론을 낳는다. 이익/손해의 코드는 자본주의적 시장경제 코드이기도 하지만, 마르크스주의적 'PT 혁명' 코드이기도 하다.

3.

'유물론적 상상력이 도달한 곳'이라는 제목이 내포하고 외연外延하는 것이 유물론의 생태주의이다. '유물론적 상상력이 도달한 곳'이 생태주의였다. 유물론적 생태주의가 김용민의 시편들에 의한 영향미학적 키워드이다. [김용민의 유물론은 칼 코르쉬의 유물론이고, 나아가 벤야민 및 알튀세르식 유물론으로서 의식의 유물론을 포함한다]

생태주의는 1차적으로 세상을 보존하는 것에 관해서이다. 물론 '지속 가능한 발전'sustainable development이라는 경제적 생태주의도 포함된다. '탄소 제로'가 지속 가능한 발전을 부인하지 않는다. 탄소 제로에는 '이대로!'라는 역사 낙관주의가 포함돼 있다. '2차적'으로는 백약이 무효이고, 세상을 이대로 놔두면 안 되겠다는 '처절한' 의식에 관해서이다. 1989년 이후의 자본주의적 독식 체제(베를린 장벽 붕괴 체제)의 부인이다. 신냉전이라고 하지만 푸틴 러시아와 '시진핑 중국'도 자본주의적 '독식' 체제에 올라타려는 '것'인 점에서 세계는 한통속이다.

2차적 생태주의는 궁극적으로는 지금 여기로부터의 해방에 관해서이다. 마르크스주의나 사르트르식 참여주의engagement의 계보선상에 있다. 마르크스주의에서의 해방은 무산자 계급 (차원에서의) 해방이고, 사르트르에서의 해방은 (지식인에게 요구하는 것으로서) '가장 혜택받지 못한 자들'에의 주목이다. 생태주의에서의 해방은 투쟁하는 프롤레타리아 계급과 가장 혜택 받지 못한 자들에 대한 주목을 포함하면서, 이것을 넘어 범인류적 차원에서의 해방을 '많이' 포함한다. 인류 멸종 extinction에 관한 주목을 많이 포함한다. 자연(혹은 세계) 훼손이 누구에 의한 것인가? 범인을 지목하고 책임을 물으려 하고, 구체적으로 무엇에 의한 것인가? '범인'을 묻고 책임을 물으려 한다; 인간중심주의를 선도한 그동안의 고전형이상학 및 근대형이상학을 소환해서, 이것을 한데 묶어 '동일성 사유'를 범인으로 지목하고, 동일성 사유의 책임을 묻는다. 이항대립체계의 책임을 부르짖는다.

출렁이는 고기들과 해삼 멍게들과
숱한 조개들을 우리는 먹으며
저들의 많은 숫자가
일생동안 잡히지 않고 그대로
바닷속에 잠긴 채 죽는다는 것을 생각 안 한다

가령 조개가 크게 자라 늙어서
죽게 되는 경우와

저 고기가 천수를 다하고 죽을 때
바다의 색깔과 해삼 멍게 말미잘은


꽃밭 속 향나무를 다듬어 주면서
어느 이름 모를 산 구석에 선 나무보다
너는 얼마나 행복하냐고 영광이냐고,


우리를 위해 장미를 가꾸고 개를 기르고
층계 틈으로 돋아나는
잡초를 캐내지만
짙은 바닷속에는 지금도
숨넘어가는 고기와 태어나는 소라 새끼들이
홀로 고개를 떨구는 들꽃이 자라는 것을 생각 안 한다

—「바닷가 7」 전문


(생태주의는) 신중심주의와 인간중심주의의 은밀한 공모
를 폭로하고, 보편자 철학 및 이항대립체계가 인간중심
주의로 귀결된 것을 폭로한다. 인간res cogitans과 자연
res extensa을 나누고 인생에 우위를 둔 것을 폭로한다.
인간중심주의에 공자 인문주의도 한몫했다.
자연(혹은 세계) 훼손의 범인을 지목하(고, 그 책임을 물
으려 하)는 태도에서 드러나듯, 생태주의의 기본 정신은

공존 공생이다. (인지혁명-농업혁명-)과학혁명! 이전으로 그대로 놔두는 것에 관해서이다. 1부의 이어지는 시편들에서 김용민의 생태주의, 공존-공생을 역설하는 생태주의가 파노라마처럼 그 모습을 드러낸다. 모기와 인생의 공존(「모기와 사람」), 집모기와 산모기의 공존-공생(「산모기 집모기」) 태풍과 인생의 (태연한) 공존(「외출」), 대추나무와 무꽃의 공생 공존(「겨울 풍경」). 생태주의적 상상은 붕어와 예수의 공생-공존까지 간다(「붕어와 성상聖像」). 공생과 공존은 햇빛, 그 자연의 '누림'에까지 이른다. 공생의 귀결은 누림이다. 물론 인간을 포함한 만물의 누림Genügen이다. 여기에는 이상李箱도 포함된다.

　　햇빛 안 비치는 방 속으로 들어가도 알게는 해야지 알
　　게는 해야지 가끔 가단 이사도 가서

　　　　　　　　　　　　　　　　　　　　　—「李箱」 부분

"햇빛 안 비치는 방 속으로 들어"간 자가 이상李箱이다. 이상에게 햇빛을 "알게" 한다. "가끔 가단 이사도 가"게 해서 햇빛을 알게[쬐게] 하자고 하는 진풍경 또한 보여주었다.

　　이대앞 지하철역 변소에 가면

142

오오 이렇듯 자유와 민주의 깃발이 사방 가득 똥빛으로
펄럭이며 만세 부르고 있다


ㅇㅇㅇ과 x x x를 민족의 이름으로 처단하라라라라라라
이 새끼들아 공부나 해라라라라라라
똥 누러 왔으면 똥이나 싸라라라라라라

—「신촌에서」 부분


김용민의 시에는 역사가 있다('역사'가 안 보이는 시들이
많다. 언제 적 시詩인 줄 모르게 하는 규범적 시들이 많
다. 미당의 시에는 역사가 없다고 한 것은 임우기 평론
가). '그'가 언제 적 사람인 줄 안다. 그러므로 그의 서정
시들은, 서정시들조차 유물론적이다. 80년대 군부독재
의 당사자인 '그들'을 말하면 역사적 유물론이다. 그뒤의
6·29 선언까지 얘기하면 변증법적 유물사관이다. "ㅇ ㅇ
ㅇ과 x x x"는 현실과 가장 밀착한, '첨예한' 현실주의적
상징이다. 그러므로 'ㅇ ㅇ ㅇ과 x x x'는 첨예한 유물론
의 표상이다. 시대의 구조를 분명하게 할 때 쓰는 수법이
'ㅇ ㅇ ㅇ과 x x x'이다. 모순형용oxymoron 구조이면서,
아폴로적 구조이다. ㅇ ㅇ ㅇ이 x x x가 되기도 하고, x x
x가 ㅇ ㅇ ㅇ이 되기도 한다. 마야의 베일 속의 그 밧줄과

그 뱀의 관계와 같다. 수용자(혹은 관객)의 주목과 관심을 증폭시킨다. 김용민은 시인詩人이다.

　파리는 앉기만 하면 두 발 비비며

　살려주소 살려주소 애처로움에

　그것을 어찌 때려잡겠느냐고,

　발부리에 혹시 들꽃이라도 눌리진 않았는가

　다시 한 번 확인하며 조심하면서

　짐짓 그렇게 길을 걸어 다니다가


　돌아와 창문 꼭꼭 닫고

　모기향 피우고 파리약을 자못

　허공에다 뿌리는 듯 휘휘 돌리며

　꽃병 속에 꽂힌 꽃을

　이제는 아름다움으로 바라보고 있다.

　　　　　　　　　　　　　　　　　—「근영近映」 부분


단일한 자아가 아닌, 분열된 자아를 말할 때 이 또한 유물론이다. 단일한 자아보다 '단일한 자아에서 분열된 자아'의 무게가 더 무겁다. 혹은 두 개의 자아[분열된 자아]가 더 무거운 무게를 갖는다. 유물론이 계량적인 것은 여전하다. 유물론은 자연을 계량計量하고, 인간을 계량한다. 문제는 생태주의적 유물론이다. 생태주의적 유물론이라는 '표제어'이다. 생태주의적 유물론은 자기반성 없는 천박한 유물론이 아니라, '자기반성 있는' 숭고한(에드먼드 버크, 칸트) 유물론이다. 숭고한 유물론은 천박한 유물론이 변하여 자기반성적 유물론이 되는 것에 관해서이다. 자기반성적 유물론이 생태주의적 유물론이다. 시「근영近映」은 영향미학적으로 및 생산미학적으로 자기반성적 유물론이다. (인류에게, '인간중심주의'에게) 자기반성을 요청하는 생태주의적 유물론의 모범적 반영물이다.

4.
앞에서 시를 최종적 훈수 한 방으로 갈무리하는 것이 또한 김용민 시작詩作 태도의 특징이라고 했다. 나아가 변증법적 유물론적 글쓰기가 김용민 에끄리뛰르의 특징이라고 했다. 다음은 2부의 「장자님 말씀」이다. 전문이다.

장자가 말했다던가
'복수하지 말라
강가에 앉아
한 십 년쯤 기다리고 있으면
원수의 시체가 떠내려오리라.'

어떤 경우는

1년도 안 되어

모조리 떠내려오고

어떤 때는

몇십 년을 하염없이 기다려도

개미 새끼 한 마리 보이지 않는다


강가에 나가야 할까

말까

—「장자님 말씀」


앞 두 연은 평면적 진술이나, 마지막 연 "강가에 나가야 할까/ 말까"는 시에 3차원적 입체 구조를 부여하는 서사적 진술이다. 브레히트식으로 말하면 연출자의 개입으로서, 앞의 미적 진술에 거리Distanz를 두게 한 것이다. 화자의 '본격적' 등장으로서 독자는 시에서 두 가지 목소리를 경험한다. 감정이입을 넘어 '강가에 나가야 할까 말까' 같이(?) 고민한다. 복수 탐욕 분노 어리석음 등에 떠밀려다니는 인생이라고 할 때 그 인생이 유물론적 인생이 아닐 리 없다. 복수 탐욕 분노 어리석음은 어디서 오는가? 복수 탐욕 분노 어리석음들이 스피노자의 유물론이고, 알튀세르의 유물론이다. '확장된 개념'으로서의 유물론에 '망설임'("나가야 할까/ 말까")도 포함된다. 망설임 후회 반성 숙고 등도 포함된다. 알튀세르의 유물론은 데모크리토스 이후 에피쿠로스와 루크레티우스에 의해 얘기된 원자의 미세한 편차 클리나멘clinamen으로도 설명된다. 클리나멘은 우발성의 유물론. 그에 따른 의식의 변증법을 포함한다. 미세한 편차에 복수 탐욕 분노 어리석음이 포함되고, 망설임이 포함된다. 의식의 유물론이다. 망설임으로도 세계가 흔들리고, 복수심으로도 세계가 흔들린다.

김용민이 거짓, 위선에 대해 얘기할 때 이는 거짓 위선의 유물론에 관해서이다(「작은 비극」); 수평, 평정에 대해 얘기할 때 이는 수평 평정의 유물론에 관해서이다(「水平」); 이웃사랑 은총을 얘기할 때 이 또한 유물론적이다(「가끔」, "지붕으로 막혀 보이지 않는 방안에까지/ 어루만질 수 있는 곳이면 어느 곳이든/ 가만 다가가 따스함 나누어주는/ 햇빛이고 싶을 때가 있다").

  매 한 마리
  높다란 나무 우듬지에 앉아서
  유유히 세상을 굽어본다
  온 사방에 자신을 드러내고도 자신만만하다

솔새 떼가 나무 그늘로 날아든다
분주하다
이 가지에서 저 가지로 쉴 새 없이 움직이며
사방을 두리번거린다

사람들 세상이나 마찬가지로
새들의 세상 역시 부당하구나
　　―「세상의 공평함 또는 불공평함에 대하여」전문 ①

저 숲 역시
지금은 잣나무로 무성하지만
곧 댕댕이덩굴 숲으로 바뀌리라
그리곤 다시 버드나무 숲이 될 것이다
그렇다면
이 숲의 주인은 대체 누구란 말인가
　　　　　　　　　　　　　　―「숲의 주인」부분 ②

①에서 불공평함, 공평함을 얘기할 때 이것은 불공평함,
공평함의 유물론에 관해서이다. 변증법적 유물사관으로
서 마르크시즘이 적극적으로 그 모습을 드러냈다. 「세상
의 공평함 또는 불공평함에 대하여」에서도 마지막 한 방
이 나타난다. 마지막 한 방은 다시 브레히트식으로 얘기

하면 '새로운 인식'에 관해서이다. "새들의 세상"에 대한 새로운 인식이다. 최종적으로는, '불공평'은 보편적이라는 것. 불평등이든 평등이든 이것은 7만 년 전 인지혁명 이후 인류의 가장 어려운 이념 중의 하나이다. 문제는 불평등/평등의 유물론이다. ② 「숲의 주인」에서는 무상함, 변화무쌍마저도 유물론이 된다. 멈춰있는 것은 없다. 제행무상諸行無常이다. '모든 것은 움직인다. 움직이는 모든 것은 사라진다'(아인슈타인) 등은 변증법적 유물론이다. 여기에서 주목되는 것은 변증법적 유물론을 넘어, 변증법적 생태주의가 다시 모범적으로 나타나는 점이다. 생명을 생명 전체에서 보고자 했다. "저 숲 역시/ 지금은 잣나무로 무성하지만/ 곧 댕댕이덩굴 숲으로 바뀌리라/ 그리곤 다시 버드나무 숲이 될 것이다/ 그렇다면/ 이 숲의 주인은 대체 누구란 말인가"; 여기에서도 김용민은 마지막 한 방을 잊지 않는다. '그렇다면/ 이 숲의 주인은 대체 누구란 말인가'가 마지막 한 방이 아닐 리 없다.

5.

역사는 선형적이기도 하고 비선형적nonlinear이기도 하다. 아폴로적이기도 하고 디오니소스적이기도 하다. 실존의 역사, 내재적 역사, 미시적 역사, 공시적 역사에서도 마찬가지다. 아폴로적이기도 하고 비아폴로적̶디오니소스적이기도 하다.

사실은, 비선형적 디오니소스적 역사, 비선형적 내재적 실존의 역사를 강조해야 할 것으로 보인다. '아름다운' 아폴로 무대에 비아폴로적 숙명宿命들이 넘쳐난다. 아름다운 오이디푸스가 피 흘리는 오이디푸스가 된다. 파멸의 프로메테우스, 파멸의 아르테우스 일가, 인류는 파멸을 쪼는 독수리에 지친 인류다. 인류는 파멸로 대가大家를 이루는, 파멸 그 자체에 지친 인류다.

근원적 모순과 근원적 고통을 포착한 근원적 일자가 디오니소스라고 할 때 벌써 아폴로 무대는, '진작에' 아폴로의 무대는, 디오니소스적 근원적 일자의 무대다. 아폴로와 디오니소스는 하나였다. 아폴로 무대를 디오니소스 합창이 덮어쓴 것은 '처음부터'이다. '무대'(비극 무대 및 세계 무대)는 처음부터 고통과 모순의 무대, 파멸과 몰락의 무대였다. 아름다움이 변하여 '고통'이 된 것이 아니다. 바울이 변하여 사울이 된 것이 아니다. 사울이 변하여 바울이 되는 것은 더더욱 아니다. 인간의 비극에 바울은 없다. 처음부터 사울이었고 끝까지 사울이었다. 처음부터 디오니소스였고, 지금도, 끝까지 디오니소스이다.

인류의 역사와 인간의 역사에(서) 그렇다고 아폴로에서 디오니소스를 찾는 것만을 말할 수 없다. 디오니소스적

의미의 결론에 손 놓고 있는 것만을 말할 수 없다. 디오니소스에서 아폴로를 찾는 것, 그것이 흔적이라도, 아폴로의 아름다운 신체, 아름다운 의상, 아름다운 목소리를 찾는 그 노력은 계속되었다. '아폴로적 착각'apollinische Täuschung이라도 말이다. 마야의 베일 속 아폴로라도 말이다. 그렇지 않다면, '아폴로' 없는 '디오니소스' 일색이라면, 인간이란 뭐라는 말인가. 그렇지 않다면 인류란 뭐라는 말인가.

개미들은 그저 열심히
길을 가고 있었을 뿐인데
지나가던 인간의 발에 밟혀 죽는다
가끔은 그 발길에 집도 박살난다
마른 하늘에 날벼락이다
개미세상이나 인간세상이나……
　　　　　　　—'제3부 단상短想 시편' 28 전문 ①

모기는 하도 가벼워서
사뿐히 얼굴이나 팔위에 앉아
침을 꽂고 피를 빨아도
당최
눈치채기가 어렵다

그런 모기도 박살이 날 때가 있으니

조금만 더 조금만 더 하다가

그만 들켜 무참히 전사하고 만다

―「모기의 운명」 부분 ②


노인이 되면

꽃이나 아이들을 바라보듯

그렇게

아름다운 여인의 얼굴도

빤히 무심히 바라볼 수

있을 거라 생각했는데

아니다

아직도 아니다

대체 무엇이 문제인가

―「노인이 되고 보니」 전문 ③


방송이나 신문지상엔 온통

잘 먹고 잘 살고 오래 사는 방법들로 넘쳐난다


하지만 내 주변엔

홀로 남아 외로움에 눈물짓는 사람들

여기저기 삭신이 쑤셔 얼굴 찡그린 사람들

극한 고통에 몸부림치는 사람들

요양원에서 멍하니 천장만 보고 있는 사람들


그래 먼저 가는 게 장땡인지 몰라

그래서 나는

아무 음식이나 막 먹고

술도 막 마시기로 했다

　　　　　　　　　　　　—「먼저 가는 게 장땡」 전문 ④


날것의 디오니소스적 근원적 고통과 근원적 모순에 관해
서이다. ①과 ②는 상호 유비적이다. ① "지나가던 인간
의 발에 밟혀 죽는다 [⋯] 마른 하늘에 날벼락이다/ 개미
세상이나 인간세상이나⋯⋯" 인간이 개미의 생명줄을 콘
센트에서 뽑고, 개미는 영문도 모르고 죽고, 하느님이 인
간의 생명줄을 콘센트에서 뽑고, 인간은 영문도 모르고
죽고. "마른 하늘에 날벼락이다"가 말하는 바다. ② "모
기"도 마른 하늘에 날벼락이 운명이기는 마찬가지다.
"조금만 더 조금만 더 하다가/ 그만 들켜 무참히 전사하
고 만다"; ③은 크게 보아 생로병사의 잔혹성, 특히 희로
애락 혹은 희로애락애흉오욕의 변덕성mutability에 관해
서이다. 인간은 나이가 들어도 그 잔혹성이나 그 변덕성
과 무관해지지 않는다. ④는 생로병사의 잔혹성 및 변덕

성에 대해 더 직접적이다. 그리고 강強의 염세주의가 아닌, '약弱의 염세주의'schwächerer Pessimismus에 관해 말한다. "그래 먼저 가는 게 장땡인지 몰라/ 그래서 나는/ 아무 음식이나 막 먹고/ 술도 막 마시기로 했다"는 약弱의 염세주의의 모범적 예이다. 물론 과장의 아이러니일 것이다. '강強의 니힐리즘'의 아이러니적 표현.

비가 온 뒤 부쩍 늘어난 개구리 울음소리
개구리는 더러 비를 타고 내려오기도 하는가
　　　　　　　　—'제3부 단상短想 시편' 9 전문 ①


비만 오면 사람들은 낙하산처럼 생긴 것들을 저마다 하나씩 들고 나와서 그걸 높이 치켜들고 다니는 데요 바람이라도 한번 횡하고 불어닥치면 하늘로 부웅 날아가 버릴 듯 버릴 듯하거든요 허기사 비 오는 날이면 가끔 가다 한 사람씩 두 사람씩 깜쪽같이 사라지기도 하는 것이 그들이 아예 그걸 타고 하늘로 올라갔기 때문일지도 모르겠네요
　　　　　　　　　　　—「비 오는 날」 전문 ②


바람 부는 날이면
처마 끝 풍경에 매달린 물고기가

154

사정없이 흔들리며 날뛴다

마치 목줄에 매여 몸부림치는 중생들 같다

그러다 고즈넉한 저녁이면

고요히 고요히 명상에 잠겨있다


저 물고기는

인간일까 보살일까 고승일까

—「풍경과 물고기」 전문 ③


산꼭대기에서 굴전을 먹는데

굴껍질이 씹힌다

옆에 뱉는다

저 굴은

바다에서 태어나

이 산꼭대기에 묻힐 것을 짐작이나 했을까

— '제3부 단상短想 시편' 16 전문 ④


①과 ②는 올라가는 것을 말하고 내려가는 것을 말한다. "개구리"가 "내려"온다. "사람"이 "올라"간다. 상관없다. 사람이 올라가기도 하고 내려가기도 하고, 개구리가 내려가기도 하고 사람이 올라가기도 한다. 궁극적 '질문'은 생태주의이다. 개구리와 인간 생명들이다. 개구리인가

인간인가? 인간인가 개구리인가? 아폴로적 생태주의이다. 생태주의는 세계에 — 아폴로처럼 — 낙관적 구조를 부여하고 싶은 생태주의이다.

③도 아폴로적이다. 풍경 "물고기"가 "중생들", 혹은 "인간" 혹은 "보살" 혹은 "고승"으로 변주되었다. 아폴로적 변용Transfiguration이 아닐 리 없다. 라파엘의 회화, 지옥 상태에서 천당 상태로의 그 「변용」(「예수의 변용」)을 떠올리게 한다. 아폴로적 변용은 살만하고 견딜만하게 만드는 것에 관해서이다. 물고기인가 인간인가? 물고기인가 고승인가? 생태주의적 유물론과 '인근의 관계'interconnectedness에 있다. ④도 아폴로적 무차별성에 관해서이다. "산"과 "바다"의 무차별성에 관해서이다. 비극적 "굴껍질"의 운명이라기보다, 아폴로적 '분별없음', 그 범凡가이아-론論을 말하고 있는 것으로 보인다.

시詩예술 역시 인간을 잠시만이라도 살만하고 견딜만하게 하려고 한다(?). 아폴로 예술은 꿈과 같아서, 본디 꿈 예술로서, 꿈속에서나마, 인생을 살만하고 견딜만하게 느끼게 하려고 하는 것. 아무렇게나 던져놓은 밧줄인 줄 알았는데 똬리를 튼 뱀이로구나. 똬리를 튼 뱀인 줄 알았는데 아무렇게나 던져놓은 밧줄이구나. 이른바 쇼펜하우어의 '마야의 베일'Veil of Maja이다. 인간 삶은 간단하지 않다(?). 삶과 죽음이 명확히 구분되는 것만은 아니다. 일반적으로 '제3의 가능성의 부인'Tertium non datur을 말하지만, 꿈 예술은 '제3의 가능성의 부인'의 부인否認을 말한다. 소크라테스는 살아 있을 수 있고, 죽어 있을 수 있다. (슈뢰딩거의) 고양이가 죽어 있는 상태와 살아 있는 상태가 같이 있는 것처럼. 삶과 죽음, 꿈과 생시의 명확한 분리 분별 불가능성에 관해서이다. 분리 분별 불가능성은 무엇보다도 '구원'을 발언한다. 구제 형이상학과 무관하지 않다.

바다는 그 넓은 가슴으로

하루 종일 햇살 끌어모으지만

새로 태어나는 물고기들 비늘 만들고

전복 껍데기에 무지개도 새겨 주고

제 몸 엷은 곳에 물감칠하는데 다 쓰곤 해서


바다는 그래서 엄청나게 햇빛을 먹고도

조금도 뚱뚱해지거나 배탈 한 번 안 난 채

날씬하게 수평선을 그을 수 있다

　　　　　　　　　　　　　　　—「바닷가 1」 전문


김용민의 이번 시집에서 또한 주목되는 시편들이 '바닷가' 연작시들이었다. 9편이다. '바닷가'들이 주목되는 것은 생태주의 문학의 모범답안을 말하게 하기 때문이다. 생명을 생명 전체에서 보게 하는 가이아처럼 '바다'는 생명을 생명 전체에서 보게 하는 중요한 '객관적 상관물'이다.

바닷가에 사는 적막은 절대 침울하거나
쓸쓸한 모습을 보이는 적이 없다
                    (…)
무너질 듯한 설움 같은 거야
어디엔들 없으랴마는
바다가 저렇듯 겸손하게 서 있는 곳에서
적막도 눈물 흘리고 있을 수는 없어서
바다가 그 흰 이를 드러내고 웃는 것처럼
씨익 눈비비고 돌아다니며
파도와 파도소리를 세어 나간다
…참음 …사랑 …너그러움 …비상 …웃음
이 세상의 제일 깊은 진리는
결국 한 점 미소거나 한바탕의 웃음으로 끝나고
                    (…)
흔들리며 모든 것을 힘차게 끌어안는 바다와
바닷가에 사는 적막은 따라서
결코 울거나 쓸쓸한 모습을 보이는 적이 없다
                    —「바닷가 2」 일부

바닷가 자연은 '자연'의 대표선수다. 대표선수 자연은 "쓸쓸한" 자연이 아니다. 대표선수 자연은 "침울한" 자연이 아니다. 자연은 쓸쓸할 시간이 없다. 침울할 시간이 없다. 바닷가 자연이 그렇다고 거만하지 않다. 거만할 시간이 없고, "겸손"할 시간이 있다. 공생共生하게 하는 가이아 바다는 겸손한 자연이다. 그 대표선수 자연은 인간들에게 겸손할 것을 가르친다. "...참음 ...사랑 ...너그러움 ...비상 ...웃음"은 인간에 대對한 것이 아닌가? 인간이여, 자연으로 비상해서 들어가라! 김용민은 바닷가 연작시에서 아폴로적 붓으로 생태주의를 구조構造해서, 생태주의를 적나라하게 드러낸다. 생태주의는 어머니로서, 그리고 "모든 것을 힘차게 끌어안는 바다" 그 자체가 말하는바 따뜻한 생태주의이다. 참음, 사랑, 너그러움, 비상, 웃음이 생태주의의 항목이다. 생태주의의 중요한 자산인 '되먹임' 또한 '바닷가' 연작에서 드러났다.

깊은 바다에 사는 조개를 우리는 캐어다가
소라고둥을 우리는 따내다가
알맹이만 빼먹고 껍질은 바닷가에 내던진다
언젠가 한번 지나쳤을 물살
기슭에 와 거품으로 물결 짓는다
　　　　　　(…)

바다는 그 오랜 세월 보아옴으로

제 품속 사는 조개 소라 고동

어쩔 수 없이 내주지만

살며 만들어 놓은 그 무늬 색들은

죽지 않고 살아남아

다시 바다로 돌아오게 한다

—「바닷가 6」 일부

순환론적 시공간spacetime, 무엇보다도 순환론적 생명관을 말해야 할 것 같다. 그리고 변하지 않는 것이 있다면, 그것은 생명을 담는 그릇으로서 가이아라고 말해야 할 것 같다. "조개"껍질, "소라"껍질, "고동"껍질이 영원한 것으로서 가이아Gaia라고 말해야 할 것 같다. 변하지 않는 것은 껍질이다. "죽지 않고 살아남아 […] 돌아오"는 것은 껍질이다. 변하지 않는 것은 구조이다. 아폴로적 생태주의 '구조 구축構築'을 요청했다.

6.

세계에 구조를 부여하려는 노력이, 포함하는 것이 많다. 우선 '철학적 인간학'philosophische Anthropologie에 관해서이다. 인간이란 무엇인가? 인간에 대해 묻고 인간에 대해 대답하는 철학적 김용민을 말할 수 있다. 관전 포인트는 인간에 대해 묻고 인간에 대해 대답하면서 부지불식간에 그의 생태주의가 드러나는 점이다. 인간중심주의에 대립하는 생태주의, 즉 생명을 생명 전체에서 바라보는 생태주의, 넓은 의미의 따뜻한 마르크시즘을 드러내는 점이다. 생태주의를 얘기하면서 김용민이 사용하는 '시학'은 그리고 역설paradox이다.

그제는 폭풍우가 몰아쳤다
어제는 하루 종일 장대비가 쏟아졌다
여기저기 굵은 나무들
속수무책으로 부러졌다

오늘도 하염없이 비가 내리는데
저녁녘 툇마루에 나가 앉자마자
모기가 사정없이 달려든다
폭풍우도 끄떡없는 모기여
한없이 가벼운 모기여

오 가벼움의 위대함이여
　　　　　　　—「오, 가벼움의 위대함이여」전문 ①

비가 며칠을 계속 내렸다
그 빗속에서도

오이가 자라고 블루베리가 까맣게
익어간다


나무들은 두 팔 벌리고
신나게 몸을 흔들고
빗속에서도 새들은 유유히 날아다닌다


오직 인간만이 비를 두려워한다

—「빗속에서」전문 ②


두 시편詩篇 모두에서 인간중심주의에 반反하는 생태주의
를 말하지 않기가 쉽지 않다. '김용민'은 생태주의에서
벗어나지 않는다. 우리는 "폭풍우" "굵은 나무들" "모기"
"나무들" "새들" "인간" 등에서 격률 '부드러운 것이 강
한 것을 이긴다'를, 무엇보다도 격률 '진리는 구체적이
다'를 떠올리게 된다. 구체적 물상에서 진리가 드러난다.
진리를 드러낸다. 유물론적 생태주의이다.
① "가벼움의 위대함"이 역설이고, 아이러니보다 역설
이고; 반대로 말하는 그 아이러니를 포함하면서, 그
'반대'를 그럴듯한 진실로서, 일컬어 역설적 진실truth
로 드러나게 하는 점이 역설이고("폭풍우도 끄떡없는
모기"가 역설이고), ②'비를 두려워하는 (창조의 왕관)

인간'이라고 한 것이 역설이다. "인간만이 비를 두려워한다"고 한 것이 역설이다. [두 편의 시 모두에서 역시 마지막 한 방이 나타난다. "오직 인간만이 비를 두려워한다"가 그것이고, "오 가벼움의 위대함이여"가 그것이다. '오 가벼움의 위대함이여'는 다시 제목으로 올라갔다]

눈이 와서 세상 모든 것 죄다 덮고 나니
그동안 보이지 않던 짐승 발자국 비로소 드러난다

추위가 깊으니 하늘은 더욱 맑고
밤하늘의 별은 더욱 빛난다

가을을 알리는 입추는
그 덥디덥다는 말복 전에 놓여있다
바닥 근처에 이르면 이를수록
솟아오를 순간이 가까워온다

해뜨기 직전이 가장 어둡고 춥다
너무 기쁘면 웃음이 아니라 눈물이 난다

―「모순」 전문

모순이 아이러니이고 역설이나, 역설은 주지하다시피 아이러니를 포함한다. 현대시는 많이 아이러니이나, 철학적 현대시는 '많이' 역설이다. 역설은 대개 아포리즘으로 들리고, 대개 철학적 메시지로 들린다. 역설을 그러므로 역설의 시학으로 말하기보다 역설의 미학으로 말하는 편이 낫다. 아이러니의 시학이고, 역설의 미학이라고 말이다. 미학은 철학과 마찬가지로 근원적 질문에 관해서이기 때문이다. 인간이란 무엇인가?라는 철학적 질문이 있고, 문학이란 무엇인가?라는 미학적 질문이 있다. 미학이 진리에의 의지의 발로이고, 역설 또한 역설적 진리로서 '진리에의 의지'의 발로이다. 「모순」의 1연 2연 3연 4연 모두 아포리즘들이다. 「모순」은 역설의 파노라마이다.


그제는 비가 내렸다
잠자리가 빗속을 날아다녔다
어제도 몹시 비가 내렸다
그 빗속에서도 잠자리는 나뭇가지에 앉아있었다
오늘은 비가 그쳤다
잠자리들이 떼로 몰려다닌다


잠자리는 비를 우습게 아는구나

—「잠자리」 전문

주지하다시피 지구온난화를 동식물 멸종, 혹은 인류 멸망의 주범으로 인식할 때 이 또한 생태주의적 관점과 무관하지 않다. 생명을 생명 전체에서 보지 않고 오로지 생명을 인간의, 인간에 의한, 인간을 위한 생명으로 본 결과가 지구온난화라는 재난 상황이기 때문이다.

'잠자리 중심주의'라고 할 만하다. 잠자리 중심주의는 인류중심주의에 대한 결코 가볍지 않은 반역叛逆에 관해서이다. 물론 역설이다. 인간중심주의가 가능하고, 잠자리 중심주의가 가능하고, 모기 중심주의가 가능하다. 새 중심주의 또한 가능하다. 물론 생명을 생명 전체에서 보자는 것이고, '모든 생명이 소중하다'Lives matter고 하는 것이다. 생태주의는 세계에 구조를 부여하는 '행위'이다. 아폴로적 행위이다. 살만하고 견딜만하지 않은 '새로운' 세계[자연]에서, 살만하고 견딜만한 세계를 꿈꾸는 '아폴로적 꿈 예술'과 유비적이다. 생태주의는 그러므로 혁명적 생태주의이다. 자꾸 강조하면 인간 생명 중심으로 세상을 보는 것이 아니라, 생태주의는 홀로세(신생대 제4기, holocene=현세=충적세)를 대체한 (새로운 지질학적 연대기) 인류세 anthropocene에 대한 통렬한 자기반성을 포함한다.

그러나, 시詩 「알 수 없는 것들」에서 다음과 같이 말하는 김용민.

하염없이 비가 내리는데

저 새는 왜 저리 하염없이 울고 있는지

사납게 달려들어 끈질기게도 피를 빠는

저 모기는 왜 만족을 모르는지

자연을 온통 괴롭히기만 하는

인간은 왜 세상에 존재하는 것인지

왜 서로를 죽고 죽이며 살고 있는지

모르겠다 왜 그러는지

—「알 수 없는 것들」 전문

홉스, 쇼펜하우어, 니체에 이어 만인에 대한 만인의 투쟁, 만물에 대한 만물의 투쟁, 만연한 '상극相剋에의 의지'Wille zur Entzweiung를 말하는 김용민 시인. 디오니소스 '근원적 일자'das Ur-eine가 통찰한 근원적 모순과 근원적 고통을 말하는 김용민 시인. ▧